# 百の旅千の旅

五木寛之

小学館

# ぼくはこんな旅をしてきた

五木寛之

むかし、小林秀雄さんとご一緒に講演をする機会があった。

小林さんの話は、べらぼうにおもしろい。名人の落語をきいているようで、お客さんはしきりに笑う。

しかし、小林さんはそのとき、かなり重い内容の話をしていたはずだ。

「人間ってものは、オギャアと生まれた時から、一歩一歩、死へ向って歩いていく旅人みたいなものなんですね」

という言葉がずっと頭の隅に引っかかっていまも残っている。

考えてみると、人生というやつは、本当に旅に似ていると思う。「青春」「朱夏《しゆか》」「白秋」「玄冬《げんとう》」という四つの季節を旅し、死んだ後もその旅は終らない。

親鸞《しんらん》は、浄土に往生した死者も、やがてはこの世にふたたびもどってくると考えた。「往相《おうそう》」と「還相《げんそう》」、いわゆる「往還」の思想である。

つまり人間をふくめて、存在するものはすべて旅する者なのだ。どこまでも旅は続くのである。人はみな旅人、という私の実感も、そこに根ざしているのだろう。

幼児のころ、両親とともに玄界灘《げんかいなだ》をこえて朝鮮半島に渡ったときから、私の旅ははじまった。南から北へ、そして敗戦による九州への引揚げ、上京、北陸への移住、横浜そして京都での暮しと、いつも転々として生きてきた。

そしていま、一週間に五日は旅から旅の暮しを続けている。ボストンバッグひとつをさげての旅は、これからも生きている限り終ることはないだろう。

私はいま、旅をすることで、生きる力、エネルギーをもらっている、と感じている。深夜ずっと目覚めて日の出とともに眠り、食事は時間のできたときに駅のスタンドで立ち食いという乱暴な暮しである。原稿はつねに車中か町のカフェで書く。資料が必要になると近くの書店か、図書館へいく。何十年も病院を訪れたこともなく、検査など受けたこともない。

そんな非常識な暮しを、物書きとしてスタートして以来、四十年以上も続けてきた。そして、とりあえず現在もその生活を守って生きている。

そのエネルギーの根元にあるものは、旅する生きかたではないか、と最近あらためて思うようになってきた。旅することが私を生かしている。その生きかたを変えた瞬間、私はパタリと倒れて動かなくなるのではあるまいか。

この一冊の本は、そんな私の日常のレポートのようなものだ。そこから読者の皆さんが、それぞれの旅のスタイルを発見するヒントを探しだしてくだされば、と、ひそかに願っている。

旅とは行動ではない。それは想像力の運動だ。千日回峰《せんにちかいほう》の行者が、歩くことを目的として行をしているのではなく、祈りの場所から場所を巡るために歩いていることを忘れないようにしたい。

一歩を踏みだしたら、すでに旅だ。目をあげて周囲を眺める人間は、すでに旅人である。「犀《さい》のごとく独り歩《あゆ》め」という言葉を、私はいつもこころに抱いて生きてきた。そんなわがままな人間の雑然たる日常と思索の断片がこの一冊につまっている。この本を手にとる皆さんが、活字を読むのではなく、車窓の外を流れる風景のように読みとばしていただけたら、と、ひそかに願っている。

百の旅 千の旅……………目次

## 第2部　思索の旅　203

企画構成……木下邦彦
装画……五木玲子
装幀……高林昭太

# 第1部 日常の旅

1972年。米子にて／撮影＝飯窪敏彦

# わが「移動図書館」の記

●1996.1.17〜

## 歩きながら本を読んだ少年時代

アーネスト・ヘミングウェイに『移動祝祭日』という本がある。題名に惹《ひ》かれて買い、結局は読まずに終ってしまった。本棚にその本の背が見えているだけで、なんとなく愉快《ゆかい》な気分になるのだ。本にはそういう効用もまたあるのである。いわゆる〈ツン読〉というやつも、読書のひとつのスタイルだと、ぼくは思う。

そのヘミングウェイのタイトルをもじって「移動図書館」というのを考えてみた。そもそもぼくは、いわゆる書斎というやつをもたずに今日までやってきた作家である。寝室や、廊下に本棚はあるものの、ちゃんとした書庫や書斎はもっていない。

二十七年前に九百何十万かで買ったマンションでは、とても書斎なんて気のきいた個室をつくるわけにはいかない。したがってぼくの執筆の場所も、本を読むところも、つねに一所不定のまま、いまもってそうなのだ。

思い起こせばわが幼年期、本はいつも歩きながら読んでいた。父親が武徳会の役員で剣道の有段者、しかも戦争中に教師だったうえにコチコチの皇道哲学者ときている。

「この時局に本など読むのは非国民だ！」

と、いうわけで、聖戦のお役に立つ体力づくりをもっぱら奨励された。剣道、体操、鉄棒に駆け足、乾布摩擦《かんぷまさつ》、冬でもマフラーや靴下はつけないというスパルタ教育である。したがって文弱のわざである活字に遊ぶのは、父親に隠れてのスパイ活動にひとしい冒険だったと言っていい。

マンガ本や滑稽本《こっけいぼん》、講談本や探偵小説など、すべて御法度《ごはっと》である。山中峯太郎《やまなかみねたろう》や南洋一郎《みなみよういちろう》などの武侠小説《ぶきょう》、国策科学小説などはまだしも、江戸川乱歩などもってのほか、という雰囲気だった。

そんなわけで、禁制の本はもっぱら学校への登下校の途中で読んだ。国民学校の上級と中学一年の前半期はいまのピョンヤン（平壌）に住んでいたが、学校まで歩くと一時間半くらいはかかったと思う。

市街電車も走ってはいたが、ほとんど使った記憶がない。四キロ、六キロぐらいのコースは、みな平気で歩いた時代である。

本好きの子供としては、登下校の時間だけが大っぴらに好きな本を読める読書天国だ。トコトコ歩きながら終始、ずっと本を読みながら歩く。ふしぎなもので、目は活字に釘《くぎ》づけになりながら、ちゃんと足が勝手に学校まで運んでくれるのだった。

その当時の読書体験のことを、以前、随筆に書いたことがある。

〈雪の中の凍った本〉

と、いうのがその短い文章のタイトルだった。何度か雑文集に集録されたから、すでにお読みになっている向きもおありだろう。

最近のものでは集英社文庫『ポケットのなかの記憶』というエッセイ集にはいっている。一部を抜いてご紹介しておこう。


《（前略）私はかなりの距離を、徒歩で通学していた。その行き帰りに、歩きながら本を読む習慣がついてしまって、家のそばまできても、まだ読むのをやめるのが惜しく、もう一度後もどりしながら読み続けたりしたものだ。一度、私がカバンを背負ったまま、家の前から本に熱中しながら後もどりしている時、父親に出会ったことがある。

「お前、どこへ行くんだ」

父親は、学校から帰る時刻に、逆に登校でもするかのような私の様子を見て、けげんそうにたずねた。

「学校に筆箱を忘れてきたから取りに行こうと思って」

と、私は言ったが、父親はなんとなく私が行き帰りに本を読むことに夢中になっているのを感づいたようだった。そして、私が学校から帰ってくると、私のカバンを開け、中に借りてきた小説本や読物の類《たぐい》がはいっていると、黙って取り上げたまま返してくれなかった。そのことで私はひどく友人たちに義理の悪い思いをしたことがある。

私はそこで自衛のために一計を案じた。帰り道に読み続けてきた本を、家の中に持ちこまないようにするのである。冬の日など、私は読みさしの本を新聞紙にくるんで、家の生垣のあたりに積みあげられている雪の中に突っこんで隠しておくことにした。

そして次の朝、それを掘り出して、雪を払い新聞紙を拡げて読み続けるのだ。時には本の中に雪が飛びこんで、それが凍てつき、ページがパリパリと音を立てたりすることもあった。（後略）》

## 「みちのくの旅」には「みちのくの本」

あの少年時代の歩きながらの読書の喜びは、いまはすでに失われてしまっている。さびしいが仕方がない。明日は盛岡だ。電車の中で、さて何を読もうか。

午前十一時に目覚ましをかけておいたのに、なぜか九時半に起きてしまった。いささか眠いが仕方がない。きょうは盛岡へ行くのだ。

ボストンバッグに荷物、洗面具などを詰め、本を二、三冊ほうりこむ。高光大船《たかみつだいせん》の本ももってゆくことにする。ホテルで眠れないときに役に立つだろう。

出かける前に角川書店の『本の旅人』の編集部にＴＥＬ。昨夜渡した『ハオハオ亭忘憂録』のゲラの見出しを一部直してもらうように頼む。

ボストンバッグを抱えて東京駅八重洲《やえす》口へ。寒い。成人式の日からきのう十六日まで、やたらと暖かかったのに、きょうはうって変った冬日である。タクシーの中で聞いたラジオでは、きのうより八度低いという。これじゃ盛岡はさぞ寒かろう。

早く着きすぎて東京駅の地下をウロウロする。最寄りの店で、カツ丼《どん》のＡランチ八百円也。

せっかくみちのくの旅をするのだから、なにか縁のある本を読もうと、地下街の書店を一、二軒のぞく。縄文美術について岡本太郎さんが書いたものはないかと探すが、一冊もない。栄松堂地下店で検索してもらったら、親切にリストを渡してくれた。

〈『一平かの子』チクマ秀版・『自分の中に毒を持て』青春出版社・『母の手紙』チクマ秀版・『日本の伝統』講談社・『美の世界旅行』新潮社・『今日の芸術』講談社・『遊ぶ字』日本芸術出版・『人生は夢』集英社・『ピカソ』朝日出版社・『岡本太郎著作集第三／八／九巻』講談社〉

以上が現在手にはいる岡本さんの著書であるらしい。しかし、データは出てきても店頭にそのなかの本が一冊もないというのは淋《さび》しい。岡本さんに関してはいろんな思い出があるので、いつかそのことを書こうと思う。

## 東北の風景がこころになじむ

栄松堂書店で買った本、四冊。

山本七平著『宗教について』。中沢新一著『悪党的思考』。同『哲学の東北』。マリ＝ロール・ベルナダック／ポール・デュ・フーシェ著『ピカソ』。計六千五百円也。

中沢氏のものは「真言立川流《しんごんたてかわりゅう》と文観《もんかん》」を読むために、山本氏の本は「蓮如論《れんにょろん》」を車中で再読しようと購入したのだ。

いつもは列車に乗る前に大丸デパートの地下食品売場で、〈弁松〉の弁当を買うのだが、きょうはついていない。大丸が休みなのだ。

ウーロン茶を一本ポケットにつっこんで、東北新幹線やまびこ四七号に乗る。

宇都宮あたりまでは妙に天気がいい。この数年来、なんとなく東海道線の沿線の風景よりも、東北線のエリアのほうが好きになってきたようだ。若いころはなんとなく暗い印象があったのだが、近ごろは逆に北へ行くほうが明るい感じがするのはなぜだろう。

仙台を過ぎ、古川にさしかかるあたりから左右に雪が見えはじめた。青空の下にところどころ白い雪が点在している風景が、なんとなくこころになじむ気配がある。

サービスのコーヒーを飲みながら、山本七平の「蓮如——その発想と行動」に目を通す。

すでに以前、読んでいて、なかなか頭のいい人だな、という印象があったのだが、その感想は変らない。ユダヤ教、キリスト教はともかく、神道や浄土教の根本思想をじつに要領よくつかんでいて、「ツボを押さえる名人」という気がする。

蓮如に対する見方も、なんとなくエリート・サラリーマン向けのハウツウもの、みたいな感じはあるが、その蓮如観はきわめてリアルで、妙な思い入れもなく、かつまたクールなものだ。

蓮如という歴史上の人物を手際よく解剖して、明快に解説してくれた好解説といおうか。もちろん、思い入れのない分だけ大事な何かが欠落しているのは当然だが、やたら蓮如に肩入れする宗門の人びとや、反対に徹底的にアンチ蓮如の立場でものを言う人たちのなかに、はたしてこれほどリアルな蓮如把握《はあく》をなしえている人がいるだろうかと考えてみると、山本七平、さすがにただのネズミじゃないなあと思わざるをえない。にもかかわらず、いまひとつ信用できないところがあって、そのへんを少し考えてみたいと思った。

車内が少し寒くなってきた。日暮れの時刻だ。水沢《みずさわ》江刺《えさし》、北上《きたかみ》と、しだいにみちのく感が濃くなってくる。最近どうも東北新幹線の揺れが大きくなってきたような気がしてならない。車体がしなう感じがあるのも気味が悪い。新幹線は東海道も東北も、すこしスピードダウンしたほうがいいのではないか。

盛岡が近くなってくるにしたがって、左右に雪の量が増えてくる。新花巻《しんはなまき》のあたりで日が暮れた。五時十七分、定刻に盛岡着。寒気が頬《ほお》を凛《りん》と打つ。

駅のホームに旧友伊勢君がわざわざ出迎えに来てくれていて恐縮する。伊勢君はぼくの大学の露文科時代の仲間で、もともとは北陸の出身なのだが縁あって盛岡に住みつき、いまはほとんど岩手人と化してしまった快男子だ。

こんどの盛岡行も、彼が社長をつとめる地元のテレビ局が主催して、『五木寛之の世界展Ｗｉｔｈ玲子挿画展』という催しを開いてくれることになり、それならいっそ講演会もやるかと、展覧会・講演会・テレビ出演の三点セットにプラス東山堂書店でのサイン会まで一挙に強行する運びとなったのだ。

「どうだい、寒いだろう、盛岡は」

と、伊勢君。

「それほどでもないな。なにせピョンヤン育ちだからね」

などと、負け惜しみを言いつつも、たしかに寒気の鋭さが関東とはちがうのを感じる。

「なーに、そんなこと言ってても、駅のホームに十分間も立っててみたまえ。骨の芯《しん》まで冷えてくるから」

いつもお世話になっている森さんの運転する車でテレビ岩手の本社へ。

「思ってたより雪が少いじゃないか」

「うん。きのう今日と、すこし暖かい日が続いたもんだから」

テレビ局の中津川に面した吹き抜けの一階ホールが展覧会の第一会場である。とりあえずのぞいてみると、今回の企画の総指揮をとっている阿部孝夫さんの姿が見えた。阿部さんは制作の偉い人だが、どうも天性の弥次馬《やじうま》的精神の持ち主とみえて、こんどはプロデューサー＆コーディネイターとして何から何まで一手に引き受けて仕切ってくれているのだ。ジョークの好きな人で、彼に言わせるとテレビ局の裏を流れる川も「盛岡のネヴァ川」ということになってしまう。

## 喫茶店で本を読む楽しみが消えた

ホールでは遠方から応援にかけつけてきてくれた文庫のスタッフなどもまじえ、いまや明朝の開場をめざしての大作戦が混乱のうちに進行しつつあった。第二会場に予定されているのは、同じビルの大通りに面したフロアの〈第一画廊〉である。この画廊は〈舷〉というシックなカフェとボーダーレスで同居しており、ぼくの盛岡でのもっとも気に入っているコーナーとなっている。

〈第一画廊〉のオーナーの上田浩司さん、〈舷〉の女主人、和服の似合う松井裕子さんと久《きゅう》闊《かつ》を叙《じょ》しつつ、まず熱いコーヒーを一杯。

すでに先行して盛岡へ入っているコムラ君と配偶者の両名は、前夜、午前二時まで画廊の飾りつけをやったとかで、いささか疲労の色が濃い。

〈舷〉のガラス窓の向うに、川越しに岩手銀行の赤煉瓦の古風な建築がライトアップされているのが見えて、とてもいい感じである。

たぶんこのカフェは、店の雰囲気からいえば日本列島カフェ・ベスト10のなかに入る店だろう。ハードが立派な店や、コーヒー自慢の店は掃いて捨てるほどあるが、ソフト〈客&店の人〉とのかねあいがなかなか難しいのだ。

また「あまり混みすぎない」という条件をみたす店もまた少い。よほど懐が深くないと、ほどよい静かさを維持するということはビジネスとしては厄介な条件である。

コーヒー一杯で買ったばかりの本のページをパラパラめくったりする楽しみは、すでにこの国の喫茶店の世界には見出せなくなってしまっている。喫茶店に入るのと、ホテルに泊るのが趣味のぼくとしては、〈舦〉が盛岡にあるということの意味は大きい。

この町にはほかにも〈彩園子〉といういい喫茶店があると上田さんに教えられた。こんど盛岡へ行ったら訪ねてみることにしよう。

ひと休みしたあと、岩手日報へ。旧知の六岡さんと会い、学芸部のメンバーとしばらく雑談して失礼する。今夜はハンガリーのフォルクス・オーパが盛岡で公演するとかで、そちらへ回るという六岡氏と別れてふたたびテレビ岩手の会場へ。

展覧会にもいろいろあって、今回の催しは言わば〈五木寛之ガラクタ展〉みたいなものだから飾りつけが大変だ。たぶん今夜は明け方までかかるのではあるまいか。

九時半過ぎにハンガリーのオペレッタを観《み》終って帰ってきた伊勢夫妻と、〈重兵衛〉へ行く。〈重兵衛〉は伊勢君のベースキャンプで、ぼくも盛岡を訪れるたびにごちそうになる寿司の店だ。盛岡は山のもの、平野のもの、海のもの、いずれにも恵まれているから食い物は圧倒的にうまい。素材が豊かで、あまり技巧的に材料をいじくり回さないところがまたいいのだ。

今夜の宿は盛岡グランド・ホテル。最初に案内された部屋があんまり広いので、頼んで別の部屋をとってもらう。コムラ君と配偶者は、午前サマである。重兵衛からテイクアウトしてきた寿司を三人でつまんで、ウーロン茶でお疲れさんの乾杯。

翌、十八日は講演、サイン会、テレビ出演、展覧会の取材、それにジャケットの仮縫いなど、予定がすこぶるタイトにつまっている。

仮縫いというのは、ぼくが岩手ツイードの年来のファンであるところから、前に盛岡へきたとき見本をいくつか選んでおいた生地を用いて、上衣をつくろうという次第。

岩手のツイードは二十年ほど前に、グレイのヘリンボーン地で冬用のジャケットをつくったときからの憧《あこが》れの素材である。前のものは手ごたえがやや粗く、しっかりした生地だったが、ぼくが年とともに肥ってきて、体型が合わなくなってしまったのだ。その後もずっと気になっていたのだが、これまで縁がなかったのである。

昨年、盛岡を訪れたときに、織りから染めまですべてを一人の手仕事でつくったという美しいツイード生地を見る機会があった。そのときすっかり惚《ほ》れこんで制作を依頼してあったものが、こんどようやく完成したという次第。

なにしろ一人で何もかもやるわけだから、一着分をつくりあげるのに一か月あまりもかかるとか聞いた。でき上がった作品を手にとってみると、手触りといい、色調といい、なんとも言えない美しい作品である。グレイの気品、茶系の色のこうばしさ、服に仕立ててしまうのが惜しいようなツイードなのだ。

講演を終えたあと、こんど服を仕立ててくださるご婦人に採寸をしてもらう。下に厚手のセーターを着ても大丈夫なように、ややたっぷり目につくってくださいとお願いする。

展覧会のほうも、どうやら無事に開場。だだっぴろい空間を、じつにうまくレイアウトしたものだと感心した。自分の写真が飾ってある会場をのぞくのは照れくさいので、もっぱら〈二人展〉の〈第一画廊〉と〈舷〉のあたりをウロウロ。

夕方、東山堂ブックセンターでサイン会。東京からわざわざ応援にやってきてくれた角川書店の伊達さん、松本さん、文化出版の中村さん、東山堂の玉山さん、栃内さんなどの皆さんに感謝。

夜、盛岡から車で〈繋《つなぎ》温泉〉へ。同行の配偶者がどうしても温泉に泊りたいというので伊勢君に探してもらったのだ。

夜なのであまりよく見えないが、御所湖《ごしょこ》という大きな人造湖のすぐ近くらしい。おそい夕食に出た〈ひっつめ〉とかいう汁が大いに気に入り、明日の朝も〈ひっつめ〉を頼む。

深夜、『哲学の東北』を読む。買ってきた本のなかで、これがいちばんおもしろい。〈ひっつめ〉は、もちろん、〈ひっつみ〉の誤りであります。まあ、九州でいうところのダゴ汁の、ダゴを平たく延ばしたようなしろものだが、九州のダゴより岩手の〈ひっつみ〉のほうが軽やかでうまいと思う。

さて、明けて十九日、繋温泉から盛岡へ車でもどる。盛岡への道すがら、雫石《しずくいし》川の橋を渡りつつ遠望した岩手山の姿は、これまでに見たどの岩手山よりも見事だった。この山は眺める位置によって山容が変る。北上川の橋の上から見る岩手山もいい。

午後、露文科の仲間を中心とする〈中野会〉のメンバーがテレビ岩手本社に集合、マイクロバスで再度〈繋温泉〉のホテルへ移動する。〈中野会〉などというと、なんだか昔の特務機関の会のようだが、五〇年代に中央線沿線の中野を根城によたっていた悪友仲間の同窓会のようなものである。それぞれ六十歳を越える年ごろになって、みんな円満な、いい人相になってきた。宴会のあとカラオケがはじまって、いたしかたなくオケ抜きで炭鉱の子守唄などうたう。皆それぞれに歌がうまいのに驚かされた。夜、ふとんの中で『哲学の東北』の続き。「日刊ゲンダイ」一回分をＦＡＸにて送る。

翌日はどんよりと曇ったみちのくの冬らしい空模様。

午後一時に〈舷〉で、土取利行、桃山晴衣のお二人とコーヒーを飲んで雑談。そのまま松井さんに引率されて〈直利庵〉へ。ご主人が腕をふるってくださったそばの数々に全員ひたすら感激する。鮎《あゆ》のそばも逸品だったが、葛《くず》をつかった縄文ふうのそばが格別にうまかった。こたつに足をつっこんで、内庭にちらほら舞う風花を眺める風情はなんとも言えない。

これから遠野《とおの》へ行くという土取、桃山のお二人を見送るころ、あたりは少しずつたそがれてきた。

## 作家はだますためにウソをつく

六時四分の列車で東京へ向う。盛岡駅で買った南部せんべいを囓《かじ》りながら、やはり駅で買った宮澤賢治のマンガ本を読む。

仙台までのあいだにマンガを読み終えて、ふたたび『哲学の東北』。

中沢新一という人は、じつに才能のあるウソつきである。天才といっていい見事なウソのつきっぷりにほとほと感心させられた。『哲学の東北』は、前後に作者のエッセイが載って、そのあいだに対談やインタヴューなどがはさまるというマクドナルド的宮澤賢治論集だが、『悪党的思考』よりこっちのほうがはるかにおもしろいのだ。

上野を過ぎて列車が東京駅に着くころ、ようやく『哲学の東北』を読了。

こんどの盛岡訪問の旅の途上で読んだ四冊のなかでは、この『哲学の東北』が抜群におもしろかったと思う。

どんなふうにおもしろかったんだ、と聞かれると返事に困る。もし中沢新一に同じ質問をしたら、息を飲むような鮮やかな解説をたちどころにしてみせてくれるだろう。優秀な学者とか、才能ある批評家なんてものは、なんとも見事に言葉をあやつるものなのだ。天才的な手品師、神のごときマジシャンと言ってもいいだろう。

前に、中沢氏のことを才能あるウソつきと書いたが、それは当然のことながら悪口ではない。最大級のほめ言葉のつもりでそう言ったのだ。

まず『哲学の東北』というタイトルの発想がすごい。『東北の哲学』でなく、また『哲学の極北』でもなく、あくまで『哲学の東北』なのだ。巻末に「ヨーロッパ思想の東北」という文章が載っているが、このルーマニア農村紀行など、うっとりするような手品の技の冴《さ》えである。

中沢自身、「踊る農業、踊る東北」という森繁哉との対話のなかで、くり返し自分のウソのつきかたについて語っている。

〈みんな嘘をつく。だって嘘というものが存在の様式なんだもの〉

〈自慢じゃないけど、ぼくは嘘つきだからね〉

〈歴史なんてものはみんな嘘なんじゃないかなあ〉

などと言いつつ、彼はこう自分のウソに魔術師のルールをつけ加える。

〈ただそれは、だますこととはちがうんだ〉

つまり批評家・思想家のウソはウソのためのウソであり、ひとつの存在様式、または美学なんだよ、と釘をさすのだ。たしかにそうだろう。中沢の文章を読むとき、ぼくたちが一種の酔いをおぼえるのは、そのウソの手ごたえある存在感に酔わされるからだ。

かつて、それを感じたウソの名人に小林秀雄、花田《はなだ》清輝《きよてる》、林達夫などの文章家たちがいた。中沢新一はその意味で当代の文章家といっていいだろう。

しかし、作家はウソのためのウソはつかない。語部《かたりべ》は騙部《かたりべ》であるというのが、年来のぼくの立場だ。作家はだますためにウソをつく。だからそのウソは批評家のように巧みに見えてはならないのである。列車のシートに四冊の本を残して、夜の駅のホームに降りた。

（伊勢卓夫君は二〇〇三年に逝去した。合掌。）

# 日常感覚と歴史感覚

●1997.2.11〜

## 「歴史」に学ぶものがあるか？

無茶を承知であえて言わせてもらうが、過去の歴史が明日を占うために役立つことなどないのではないか、と思ったりする。

歴史に学ぶ、とはよく聞く言葉だ。ぼくたちの日常的な反射神経だけでは、きょう、そして明日をつらぬく一筋の法則など見いだすことはできない。そこで歴史が持ちだされてくる。

過去の歴史を分析し、そこに一定の法則を発見する。そして、それをいま生きている現実に物差しのように当てがい、次がどう展開するかを導き出す。

これは自明の理のように横行している手口だが、はたして昨日の話が明日のために役立つものかどうか。

歴史が一定のリズムと方向性をもって粛々《しゅくしゅく》と動いてゆく、という実感があれば、それも意味があるだろう。また創造者の見えざる手に導かれて、秩序正しく進歩してゆく史観を信ずれば、それも可能かもしれない。

しかし、ぼくたちの日常の瑣末《さまつ》な実感からすると、そんなふうに世界がオモチャの兵隊のようにマーチに乗って行進してゆくとは考えられないのだ。

少くともぼくたちは文明の進歩が、たんなる技術の進歩にすぎないことを知っている。そして技術の進歩もまた自然の巨大な営みの前には実際には無力でしかないことを、うすうす感じはじめている。風邪《かぜ》や、頭痛などという単純な状態すら、医学五千年の歩みをもってしても解決できないのが実状ではないか。

過去二千年間に人間が人間を殺した数の総計よりも、この一世紀で殺した人間の数のほうが多い、という統計を見れば、技術とか文明の進歩とかが一場の夢にすぎないということは子供にでもわかるだろう。

法律が整備されたら犯罪は減るか。そうはいくまい。

しかし、ぼく自身に関して言えば、日常感覚を羅針盤《らしんばん》として世の中を見てきてほとんどまちがった結論ばかりを引きだしてきたことも、また事実である。

たとえば十三歳だった一九四〇年代、神国日本が戦争に敗れることは、まったく推理の外にある明日だった。

同じように二十歳だった一九五〇年代、社会主義ソ連がいまのように無残に崩壊するなどとは夢にも想像できなかった。

## 歴史感覚にだまされるとき

日常感覚から誤った予測しか引きだせなかった自分を笑いながらも、しかし、普遍的な歴史の法則にもまたついていけない自分が、もどかしくてならないのだ。

旧帝国海軍の連合艦隊司令長官といえば、太平洋戦争のころには国民的スターだった。明治の日露戦争のときの連合艦隊司令長官は、世界的なスター、アドミラル・トーゴーである。

一九六五年の夏、若かったぼくがはじめてソ連・北欧の旅に出たとき、フィンランドの安宿の階段の壁にかけられていた東郷《とうごう》元帥の写真は、日本の連合艦隊司令長官が国際的な有名人であったことを示していた。

ぼくが子供のころは、そのヒーローが山本《やまもと》五十六《いそろく》海軍大将だった。何しろ太平洋戦争の緒戦に真珠湾攻撃を成功させた名将として、当時すでに生きながら伝説の主人公になっていた海軍軍人である。

その山本五十六司令長官が、ソロモン沖で戦死したのは、一九四三年のことだ。敗戦の二年前である。

そのニュースは、ラジオから『海ゆかば』の荘重《そうちょう》なＢＧ音楽とともに国民に伝えられた。

その日の晩、ぼくの母親は縁側で夜の空を眺めながらポツンと独り言のように言った。

「日本は戦争に敗けるんじゃないかしら」

そのときそばにいた父親が血相を変えて、母親を突きとばすようにしたことを、いまもまざまざとおぼえている。殴ったようでもあり、肩のあたりを手で突いたようでもあった。

「そんなことを言うやつは非国民だぞ！」

と、彼はどなったのだ。

「日本がどうして負けるんだ！」

こんなふうだから女はしかたがない、と父親はぶつぶつ言いながら離れていった。

母親の女としての実感からすると、日本が刻々と不利な状況に追いこまれていきつつあることは、日常感覚で肌に感じられることだったにちがいない。

新聞やラジオが、いかに言葉を飾ろうとも、大本営がどれほど注意深く国民に情報を歪《ゆが》めて伝えようとも、事実はあきらかだったはずである。にもかかわらず、ぼくたち国民の大部分は自分の日常感覚を信ぜず、現実を直視せず、実感を裏切って、希望的観測にすがってカミカゼが吹いて日本はかならず最後には勝つだろうと信じていたのだ。

神国日本が敗けることなどありえないと考えていたのは、明治以来の日本人の歴史感覚のせいである。見えているものが見えない、その錯覚のなかにぼくたちはいまも生きているのではないか。

## 日常感覚にだまされるとき

日常感覚はだまされやすいものである。

現象の上《うわ》っ面《つら》だけを眺めて判断することで、物ごとの真の実体を見あやまることがあるからだ。

ぼく自身も、そういう例がしばしばあった。しかし、体の内側からの声なき声を聞き過ごすことにくらべると、肌で感じた現実感の失敗なんぞ何でもないように思われる。

たとえば、いまの平成九年二月という時点で、この日本の社会の景気がいいのか、それとも不景気なのか。

「なにを阿呆なことを」

と、笑われることを承知で書いている。ぼくには正直なところ判断がつかないのだ。世間は不景気だという。それはすべてのデータが証明している。

しかし、しかしである。夫婦で二千万円から三千万円もする豪華クルージング世界一周の旅が、どうして二年待ち三年待ちという人気なのか。

ぼくの仕事場から金曜の夜はタクシーがつかまらない。本当に不景気なら、誰がタクシーに乗るのか。ＪＲや地下鉄で十分ではないのか。

エルメスの四、五十万円もするケリー・バッグが、注文しても買えないという。好みの色を手に入れようとすれば、半年待たされることだって少なくないらしい。

ほとんど毎日、車で通る天王洲《てんのうず》のあたりの風景を見る。ピカピカの巨大ビルが半月ごとに雨後のタケノコのようにそびえ立つ景色には、ただ声もなく呆《あき》れるしかない。誰があんなものを建てる資力をもっているのか。そして誰がそのビルの部屋を借りるのか。

金沢へ行くときの飛行機は、スーパーシートがいつも混んでいる。ミシュランの星が飾られたフレンチ・レストランは、あのフランスに貢献すること大なるムシュー磯村にして予約が取りにくいと嘆ぜしめるにぎわいだ。

フレンチ・レストランだけではない。麻布十番《あざぶじゅうばん》のふぐ料理の店もつねに満員。トヨタもホンダもニッサンも、去年から今年にかけてやたら景気がいいらしい。香港では定番ブランドの店が、また日本人客の制限入店をやる光景が見られたそうな。

なんとなくわかってきたのは、アメリカに似てくるらしいということだ。ロシアも然《しか》り。要するに貧しき階級と富める階級の二極分裂が進行しているということだろう。さて――。

## 国がつぶれる体験

一九四五年から六年にかけて、ぼくはピョンヤンにいた。ソ連軍と朝鮮側の人民委員会が街をとりしきっていたが、事実上はソ連側の戒厳令的《かいげんれいてき》な軍政だった。

ソ連軍の進駐と相前後して、それまで通用していた通貨が紙くずになった。植民地の朝鮮では、朝鮮銀行が発行していた朝鮮銀行券が流通していたのだが、あれは英国におけるスコットランド銀行券のようなものだったのだろうか。どうもそのへんがはっきりしない。

いずれにせよ、日本帝国の支配が終ると日本の通貨も紙くずになる。やがてソ連軍発行の軍票が街に現れはじめた。軍票には青と赤の二種類あったと記憶している。安っぽい紙幣だった。

それまで通用していた通貨が紙くずに変るというのは、実際に体験してみると大ショックだ。日本人であるぼくたちにとっては、一生に何度とない体験だろう。両親も、ぼくも、もちろんはじめての体験である。

そして強烈なインフレ。市場にモノはあふれているが、値段は月々ウナギのぼりに上ってゆく。通貨よりも物々交換のほうが確実だった。ヤミ市が流通の場で、それを介してでなくては生きてゆけなかった。

内地でも通貨の切り替えや、新円封鎖という異変があった。インフレーションも進行した。ともに日本人にとって稀な体験だった。農地解放というのもそうである。

非常時ともなれば、どんなことでも起こりうる。戒厳令下では人権など平然と無視される。激烈なインフレというやつもまた想像を絶する。近ごろ言われるデフレ、インフレというのは傾向にすぎない。本物のインフレを戦後に育った平成人はご存じあるまい。

ドイツにヒトラーが出る下地は、インフレと失業にあった。リヤカーいっぱいに札束を積んで出かけて卵三つ買えたという時代があったのだ。

ぼくはソ連崩壊後のロシアのインフレを体験したことがある。一九六五年にモスクワに行ったときは一ルーブル四百円だった。ブラジルのインフレは、つい先ごろのことだ。

通貨が紙くずになる、モノの値段が百倍、千倍になる、そんな事態がじつは五十年に一度ずつくらいはおとずれてくるのだということを実感として体でおぼえている世代としては、銀行がつぶれるくらいのことでは驚かない。国がつぶれる体験をしたのだから。

そしていま、ふたたび無気味な余震を体が感じはじめているのだが——。そのことを書いたら、若い友人に「杞憂《きゆう》」という字を知っていますか、と笑われた。

# カルナーの明け暮れ

●1997.7.1～

## 涙も笑いも人間的なもの

ユーモアが大事、とはよく言われることである。笑いこそ真の批評である、とも聞かされてきた。ともに耳にタコができるくらいに語られていることである。

近代は〈悲しみ〉を退《しりぞ》けることから出発したと言ってもいい。涙、情緒、ルサンチマン、情などという得体の知れない湿った感情をどう捨て去るかが、戦後思想のひとつの目標でもあった。

本当は〈悲哀〉にみちた時代であるのに、それを泣き笑いのユーモアとしてとらえることをせず、バカ笑いこそ現代の感覚であるという意見が、このところ大手を振ってまかり通ってきた。

なぜ涙と笑い、悲しみと歓《よろこ》びとを、両方とも人間的なものだと自然に受け止められないのだろうか。

両方を片方ずつハカリにかけ、そのどちらかに重きをおき、もう一方を軽んずるといった幼稚なシーソーゲームには、もううんざりである。

晴れる日もあれば、曇りもある。雨の夜もあれば名月の夜もある。古くから現実とはつねにそういったものなのだ。

男がいる。女がいる。子供がいる。老人がいる。どっちが大事で、どっちがだめなどと考えるほうがおかしい。

「ユーモアの源泉はペーソスである」

と言ったとかいうマーク・トウェインの目は、ちゃんとそのへんを見つめていたはずだ。なんでもかでも、明るく軽く受け止められるわけがない。物ごとを深刻に重く受け止めることは、けっして野暮《やぼ》なことでもダサイ感覚でもないのだ。

それを鼻で笑い、恥ずかしく感ずる時代が、ずいぶん長く続いてきたように思う。イデオロギーという言葉を聞けば頭から馬鹿にしてせせら笑う。社会主義とか組合とかいった単語はジョークの種としか考えない。そんな現在を本当にいいと思えるのか。

社会主義の根本精神は、「弱い者いじめは許せない」という素朴な怒りだ。左翼も右翼も、その根元は、「強い者が勝手放題なことをするのはよくない」という感情だ。

マルクス主義がまちがっていたとしても、社会主義や組合運動の感情は正しい。それを運動として実践するのが人間だから歪《ゆが》むのだ。

資本主義は古い思想である。永遠の真理でもなんでもない。ある時代に輝き、新しい世界をつくり、やがて古びて風化していく文化である。言うまでもないことだが。

## ため息の出る日々

朝（といっても午後だが）、目を覚まして新聞を眺める。夜、おそい晩飯を食べながらテレビのニュースを見る。

このところ一度として、思わずため息のもれてこない日はない。

「あーあ」

と、ため息をつき、

「なんということだろう」

と、独り言をもらす。

そんな明け暮れが、もう何年も毎日のように続いている。しまいには言葉も出なくなって、ただ黙って首を振るばかり。そして動物のような呻《うめ》き声が体の奥のほうからかすかにこみあげてくるのを感ずる。

口から唾《つば》をとばして世相を批判する元気があるうちはまだいい。最近は言葉も出ないところまできてしまった。

神戸の小学生殺害の被疑者が十四歳の中学生だったとマスコミは大々的に報じている。

全国紙の左右ぶち抜きの大見出しは、ぼくに戦争中のニュースを思いださせた。

まだ被疑者として取り調べ中の問題だから、軽々しく断定はできない。しかし、客観情勢から見て、どうやら事実であろうと思われる。

テレビの取材に応えて、私鉄の駅から出てくる中年のサラリーマンが笑顔で答えていわく、

「そうですか。これでほっとしました。安心して眠れますね」

信じられない、と、つい呟《つぶや》いてしまう。問題は中学生の逮捕で解決したのではない。いまはじまったのだ。日本の父親はボケたのか。

それにくらべると女性の反応は多少とも人間的だった。

「事件が解決したといっても、十四歳の少年が犯人だと聞くと、わたしにも子供がいますからショックのほうが大きくて、もう、なんとも言えない気持です」

新聞は少年に弟が二人いることを報じている。事件のあと、家族全員で腕立て伏せをしていたとも書いている。切断した首をひと晩自宅へ持ち帰っていた、とも。

事件の感想を、とコメントを求める電話がかかってきた。

「何を言う気もしませんから」

と、断ってから、それもコメントとして扱われるのだろうか、と思う。

もっともショックだったのは、神戸の警察署の前からテレビ中継するレポーターの背後

に、押しあいへしあいして画面に映ろうと大はしゃぎする十代の少年たちの姿だった。喜喜として笑い、なかには、Vサインをして手を振る少年たち。その姿を見て、またため息が出た。

## 言葉にならない人間の感情

よく言われることだが、仏教の基本の思想に〈慈悲〉という考えかたがある。〈慈〉をマイトリーと称し、〈悲〉をカルナーと言った。それを中国語で〈慈悲〉と訳したわけだ。だから〈慈悲〉とひと口でいうものは、〈慈〉アンド〈悲〉、〈マイトリー〉と〈カルナー〉を合わせたものである。

〈慈〉については、いまさら説明の必要はないだろう。問題は〈悲〉、カルナーである。カルナーという古代インドの表現について、こういう説明がなされることがある。

「思わず知らず心と体の奥底よりもれてくるため息のような感情」

呻《うめ》き声の意が背後にあるカルナーという感情は、知的な〈慈〉とは、ある面で逆なものだと言ってもいい。

そこには言葉にならない感情がある。本能的などろどろしたものがある。魂と肉体の発するきしみ音のような気配がある。

ぼくはかねてから〈悲〉こそ現代に再発見すべき重要なものではないかと、ひそかに感じていた。

毎朝、毎晩、なんともいえないため息をつくたびに、この感情をどう処理すればいいのかと迷っていた。

以前、大阪の道頓堀にホームレスの男性が投げこまれて死んだ事件があったのをおぼえておられるだろうか。

彼はたしかぼくと同世代だったはずだ。

若い男の子たちに、面白半分に橋の上から放りこまれて死んだその男性に、ぼくは戦後の犠牲者の一人を見たような気がしたものだった。

事件のあとに、たまたま道頓堀のその現場を通りかかったことがある。橋の上から見下ろす川の水はねっとりと重くよどんで、なんとも言えない異臭をはなっていた。

〈ここに投げこまれたのは自分だ〉

と、いう気がしたことを憶えている。

そのとき、修学旅行の高校生らしき少年少女たち十数人がその場へ駆けよってきて、ここだ、ここだ、と叫び声をあげた。新聞に出ていたホームレスの死の現場を、彼らは観光名所でもあるかのように、大騒ぎして笑い声をたて、Vサインを出して記念撮影をすると、風のように走り去っていった。

そんなときに出てくる声にならない声、それもひとつのカルナーだったような気がする。

〈慈〉（マイトリー）には、ある種の明るさがある。しかし〈悲〉（カルナー）は、どことなく暗く重い。

いま流行《はや》りのプラス思考とは、逆の感性である。呻《うめ》く。声もなく深いため息をつく。それをマイナス思考と呼ぶのは、ちょっとちがうだろう。軽々しくプラス思考などというが、すべての物ごとをやたら前向きに明るく受け止めることなど、なみの人間には不可能だ。

〈悲〉は励ましではない。

「がんばってください」

という言葉を、いまほどうっとうしく感じる時代はない。

それではどうするか。

なんにも言わない。ただ黙ってため息をつく。ときにはうつむいて涙をこぼすこともあるだろう。

涙。

これほど嫌われ、これほど蔑視《べっし》された人間の感情表現はない。ことに戦後はそうだった。

笑いは人間の特権である、という。

笑いこそは知性の働きであり、高い精神作用であるという。ベルクソンも語っているではないか。

そんなふうに〈笑い〉が大切にされればされるほど、〈涙〉はさげすまれてくる。いわく〈浪花節〉、〈新派的〉、〈短歌的抒情〉、〈センチメンタリズム〉、〈前近代的〉、〈汚《よご》れた抒情性〉、その他ありとあらゆる近代の言葉は、〈涙〉と〈悲しみ〉を排除してきた。歌謡曲や演歌への蔑視は、〈涙〉の特性のゆえと言っていいだろう。

そんな時代は、乾いた精神を求め、笑いにあふれた社会、プラス思考の積極性をひたすら追いかけてきた。

その結果、ぼくたちは見事に望む社会をつくりあげたのだ。乾いて、ツルツルして、湿り気も陰翳《いんえい》もないプラスチックとガラスとアルミニウムの世界。

神戸の小学生殺害事件をレポートするテレビ記者の背後に山のようにむらがって白い歯を見せ、おどけながら、Vサインをしてみせる少年たちは、そんな社会をくっきりと映し出してみせてくれる。

## 宗教家からの声を聞きたい

柳田国男は昭和六年の『涕泣史談《ていきゅうしだん》』のなかで言う。当節の日本人が泣かなくなったのは教育の普及のせいで口達者になったためである、と。はたして、それだけのことだろうか。

神戸の小学生殺害事件について、連日のようにさまざまな論議がなされている。その尻《しり》馬《うま》に乗って、気のきいたようなことを発言する元気はぼくにはない。

じゃあ、ただため息をついてむっつりしているだけでいいかと言われても、それもまた腹ふくるるわざではある。

ぼくはこの事件に関して、もっといろんな人から率直な意見を聞きたいと思う。たとえばキリスト教の立場から、また、仏教界のしかるべきリーダーの人たちの立場からの意見が、どうして聞こえてこないのだろう。

はっきり言って、常連のコメンテイターの先生がたの発言は、もういい、という感じなのだ。精神科や、心理学の専門家の意見なども聞きあきたという気がする。学校関係者のコメントなど、まさにコメント以外のなにものでもなかった。

九十九匹の羊に対して、迷える一匹の羊にどう対処するのか。悪人正機《あくにんしょうき》の信仰の立場は、今度の場合どうなるのか。

それは前のオウム真理教のサリン事件の際にも、ほとんど触れられずに終っている。聞くところでは京都で、蓮如《れんにょ》をめぐっての内外の学者専門家たちによる大きなシンポジウムの催しが行われたらしい。

神戸の小学生殺害事件の被疑者が中学生であったことは、当然まだ判《わか》ってはいなかったはずだが、少くともその異様な事件（オウムを含めて）の続発する昨今の世相に関して、もし、親鸞《しんらん》・蓮如が生きていたと仮定すれば、それらの事件をどのように語っただろうか、と思わずにはいられない。それが宗教家を研究するということの本質なのではあるまいか。

またこの数年来、人びとのあいだに大いに流行した「プラス思考」の考えかたでもってすると、こんどの神戸の事件をどのように「前向き」に「積極的」に「明るく」受け止めていけばよいのか。

ぼくは徹底した「マイナス思考」主義者であるからして、「身を捨ててこそ　浮かぶ瀬もあれ」という気持で日々を送っている。

「カルナーの明け暮れ」とはそのことだ。いまはただため息をつきながら、暗愁《あんしゅう》のどん底にとぐろを巻くのみである。

この時代に希望などない。まして簡単な処方せんなどあるわけがない。ぼくたちは自らの為《な》してきたことによって、来るべきところまで来たのだ。それを「明らかに」「究める」ことしかないだろう。落ちよ、呻《うめ》けよ、カルナーよ、地に落ちよ、というのが率直な感想である。

# あと十年という感覚

●1997.7.23〜

## はるか遠くにある「自己の死」

「あと十年という感覚」などといっても、若い世代の人たちにはなんのことやら一向にピンとこないだろうと思う。

また、ぼくと同世代の方々にしても、日夜、実生活で過去や未来のことなどには目もくれずにシャカリキに働いている人たちにとっては、すこぶる実感のない空疎《くうそ》な言葉のように思われることだろう。

そうなのだ。人間はつねにピンとこない存在なのである。千仞《せんじん》の崖っぷちを背にして後ずさりしながらも、背後を振り返ることはほとんどない。そして、それだからこそ、この際《きわ》どい修羅《しゅら》の巷《ちまた》に平然と生きていけるのだ。もしも、客観的に自己のおかれた現実の状況を、ありのままに視《み》ることができたとしたなら、おそらく人間は打ちひしがれてうずくまるしかないにちがいない。

誰でも若いころは〈死〉などということを考えない。人間一般の死については思いをめぐらすこともあるだろうが、確実な〈自己の消滅〉という問題は、はるか遠くにある。

もっとも少年のころから〈自己の死〉を意識する限られた人びともいる。しかし、それはあくまで例外であって、おおむね若者が死を実感し、それを手で触れるような体験をすることは稀である。

戦場さながらの実生活のなかで、わき目もふらず必死で生きている人びとにとっても、死はかなたにある知識にすぎない。激烈なビジネスの戦士たちもそうだろう。家族を抱えて、くたくたになるまで働いている父親たちもそうだろう。俗にいう働き盛りの季節のなかで、全身を火照《ほて》らせて仕事に打ちこんでいる連中もそうだろう。

〈死〉は知識としては存在するが日々の実感としてはない。

それでいいのだとぼくは思う。しかし、人はいずれ死の顔を正面から見なければならないときがくる。具体的に自分の残された時間、その後の処理などを考えなければならない局面にさしかかるのだ。

その時期がいつか、というのが問題なのである。人の寿命には個人差があるからだ。あの生き難《がた》い時代に、親鸞は九十歳まで生きた。一方で、十年に満たない生を押しつけられる幼い者たちは二十世紀末の現在でも世界にごまんといる。

そんな例外をはずして考えてみよう。正直なところ、ぼくはいまの現代人なら、五十歳というのがひとつの区切りとしてあるのではないかと思うのだ。人生五十年というのは、なにも古人だけの実感ではない。

## あと十年という感覚を味わう

つい先ごろ、ぼくはあと何年生きるつもりかを自問自答してみた。

本川達雄さんの『ゾウの時間　ネズミの時間』（中公新書）によれば、哺乳類の一生は呼吸数が定まっているらしい。

〈心拍数一定の法則〉とかいう原理では、スーと吸ってハーと吐く、これを一呼吸として、およそ五億回が限度であるとされている。

ゾウも、ネズミも、人間も、その五億回の呼吸限度からは逃れることはできない。一呼吸で四回心臓が鼓動を打つとすれば、約二十億回の心拍とともに寿命はジ・エンドとなる計算だ。

この〈心拍数一定の法則〉にしたがえば、あと何回ぐらい自前の呼吸貯金が残っているだろう。

試みに時計の秒針とにらめっこしながら、自分の呼吸を計ってみた。一分間の呼吸数を六十倍し、それをまた二十四時間で計算する。一日の総呼吸数に三百六十五をかけ、五億回をそれで割ってみると、約七十五年とちょっとの結果が出た。去年、計ってみたときは七十八年だったのに、昨年今年と少々早く息をしすぎたのだろうか。

いずれにせよ七十五年と考えて覚悟を決める。今年の九月には六十五歳になるからして、あと十年そこその残り時間である。

十年。

なんだか長いような気もするし、妙に短いようにも感じられる。

あと十年か。

それでも七十五歳といえば司馬遼太郎さんより長く生きるわけだし、吉行淳之介さんが七十歳だから文句も言えない。

十年。

はっきり言って、これは交通事故にも遭《あ》わず、ガンや脳出血や、その他の思いがけない出来事をいっさい考えない上での数字だ。すべてがうまくいって、それで十年という残り時間なのである。

自分がこの世にあと十年しか存在しない、という感じは、ちょっと不思議なものである。おそらく若い世代の人たちや、老人でもやたら野心的なギラギラした連中には無縁の感覚だろう。じっくりと丹念にその感じを味わってみるのも悪くない。あと十年、となると、さて、まずなにからとりかかろうか。

ガンは幸運な病気だという説がある。

突然の死にくらべると、残された時間のあいだに死を迎える覚悟もできるし、死んだあとのために世俗的な整理もできるから、というのがその理由だ。

まあ、幸運といえばいえるかもしれない。交通事故などで、あす突然の死に見舞われたとすれば、ぼくなど部屋の片づけにはじまって、手紙類の整理や、その他のことを放りっぱなしであの世行きになるわけだから、大いに困るというのが正直な心境だ。

しかし、あと十年というのは、ゆるやかなガン死の宣告とそれほど変らない。残された時間が六か月だろうと、十年だろうと、大したちがいはないような気がする。

問題は、この、十年という持ち時間を、どこまで実感できるかということだろう。甲子園の野球を西瓜《すいか》を噛《かじ》りながらテレビで観て、ああ、あと九回これを観れば終りか、とはたして思えるだろうか。

仲秋の月を見ても、桜を見ても、全英オープンを観ても、一回それが過ぎると残りは確実に減ってゆく。

そもそも七十五年の人生そのものが、オギャと生まれた瞬間にガン死を宣告されるようなものなのだ。しかし、ぼくたちは子供のころにそんなことを考えない。いや、二十歳のときも、五十歳になっても、ほとんど実感がないように思う。

さすがに六十歳を過ぎると、あと何年、と指折り数える瞬間がある。そして六十五歳あたりからは、少しずつ自分の残り時間がリアリティーをおびて感じられるようになってくるらしい。

## 生の実感が希薄だった時代

あと十年。

すべてはそれだけの話だ。どんなに安全に生きても、十年後の自分はない。そう考えてみると、少しずつ勇気がわいてくる。

勇気とはどんな勇気か。

たとえば国家や権力と真っ向から対立しても恐ろしくない、という勇気だ。若いころは投獄されたら、拷問を受けたりすることを考えると、正直ビビる気持があった。できることなら事なかれ主義で生きていたいと思ったりもした。

しかし、あと十年となれば話がちがう。もし、自分の信ずるところと世の中が異なるならば、それに対決することなどなんでもないような気がしてくるのだ。これは妙な感覚である。

二十歳のときには、あと五十年という感覚はなかったと思う。未来は無限に湧《わ》いているかのような気がしていたのだ。

しかし、十三歳のころには、そうではなかった。太平洋戦争の最中だったから、自分は戦争で死ぬのだと覚悟していたのだ。当時もっとも早く実戦に参加できたのは、少年飛行兵その他の志願兵だったので、一日でも早く戦場へ出る道を選ぼうと本気で考えていたのである。そのころの自分の未来は、あと五年以内、という感じだった。二十歳を迎える前に死ぬだろうと、自然にそう思っていたのだ。

そんな感覚を異常とは思わない。あの戦争の時代そのものが、ひとつの完結した世界だったからである。

そして敗戦と同時に、すぐに死ななくてもよい時代が目の前に突然開けたのだ。そのとまどいのなかで、やがて民主主義と自由の時代がはじまる。

ぼくたちの前から死はいつのまにか遠ざかってゆき、右肩上りの経済成長の時代が訪れる。そんななかで、死の実感が失われた分だけ、生の実感もまた希薄だったように思う。

そして現在、最高の幸運に恵まれたとしても、あと十年、という地点に立っている。十年が長いか、短いかは感覚の問題だろう。ぼく自身にとってのこの十年は、文字通り矢の如くに過ぎている。

## 透明で自由な気分

あと十年。

その間になにを為すか、それとも為さざる自然の日を送るか。いずれにせよ、○○オリンピックまであと何日、という電光掲示板の数字と同じように、一日が過ぎるとカタリとひとつ目盛りが動く。

その感じは悪くないものだ。少しの負け惜しみもなく正直に言うのだが、透明で、自由な気分が、風が吹き抜けていくように体を通り抜けてゆく。

それは覚悟でもなく、達観でもない。しいて言えば脱力感とでも表現したらいいのだろうか。人は大河の一滴。つくづくそう実感する。水の流れとともに時を下ってゆく大きな河。その流れに身をおいて、いまさら何を流れに逆らおうというのか。

今日もまたおぞましい事件のニュースがメディアの鏡に乱舞する。その鏡に映る自分の姿を眺めながら、あと何回この夏の暑さを体験できるかを考える。

# 日本人とフット・ギア

●1997.8.12〜

## 靴に対する異常な執着

野暮用《やぼよう》があって街へ出ると、かならず靴を見てしまう。べつに買う気があって靴売場をのぞくわけではない。いつのころからか、靴というものに対して異常な執着をもつようになってしまったのだ。外国を歩いても靴を見る。ショップを眺めるだけでは気がすまなくて、ときには工場や工房をのぞいてみたりもする。いったい、いつのころからこんなふうに靴に関心を抱くようになったのだろうか。

ぼくが靴を意識しはじめたのは、たぶん小学校にあがる少し前くらいのころだったと思う。当時、ぼくたち一家は現在の韓国の寒村に住んでいた。日本人といえば交番の巡査の家族と、朝鮮人学校の校長をしていたぼくの父の一家だけで、村中すべて朝鮮人だった。

当時の朝鮮は、地方に行くとまだ古い暮しがけっこう残っていて、日本語使用が立て前となってはいたが、ほとんどの村人たちは彼らの言葉でしゃべり、昔からの生活習慣を守って暮していた。ヤンバンの老人はシルクハットのような高い帽子をかぶって、悠然と煙管《きせる》をふかしていたし、女性たちも誰一人として洋服やモンペをはいてはいなかった。

祭りの日になると若い娘たちは華やかなチマ、チョゴリ姿で広場のブランコ遊びに興じる。ブランコといっても、ぼくたちが知っているような子供用のそれではない。目が回るような高さから風を切って舞い降りてくる巨大なブランコである。澄みわたった青空から極彩色の衣装をひるがえして落下してくる娘たちは、幼いぼくの目にも、まさに物語のなかの天女のように麗しく感じられたものである。

彼女たちがはいている靴は、おおむね舟の形をしていた。アッパーとソールとが一体になった靴で、先端がちょっと高くなっている。中年のオモニ（母親）たちは、ふだんでもゴムの舟形靴をはき、やや外股《そとまた》で堂々と歩く。

当時、よく「イルボン・チョッパリ！」と村の子供たちにからかわれていたぼくたち日本人の古来からのはきものが、下駄やワラジや草履《ぞうり》などのように、足の親指と隣の指の間に鼻緒《はなお》をはさむ形式のものがほとんどであったのに対して、朝鮮半島が足全体を一体化して包む靴を用いていたのは、やはりヨーロッパ、ユーラシアに陸続きでつながるお国柄と関係があるのかもしれない。

ちなみに「イルボン・チョッパリ」とは、馬はヒヅメが一体化しているのに対して、牛や豚などは足指が分かれていることから、日本人に対する蔑称《べっしょう》となった表現であるらしい。

村の朝鮮人の子供たちに「イルボン・チョッパリ！」と大声で叫ばれても、まだ五、六歳だったぼくはべつに反発する気もなく、屈辱感もおぼえなかった。子供同士で、ときに魚を釣ったり、マンガの本を見たりと、一緒に行動することもあったからである。実際のところはどうかわからないが、子供同士の遊びのなかでは〈日帝の手先の子弟〉といった扱いを受けた記憶はない。もちろん、大人たちのあいだにはさまざまなルサンチマンがよどんでいたはずだ。

「マンセイ事件」という言葉を、父親が母親にささやくように語っていた夜のこともおぼえている。

「はやく内地へ帰りましょう」

と、母親はおびえた声で父親に言っていた。

## 〈船来上等〉という感覚

ところで、当時のぼくはどんな靴をはいていたのか。はっきりした記憶はないが、たしか〈運動靴〉と称された黒っぽいゴム底の靴だったように思う。下駄やワラジなどはもちろんはかなかった。下駄を日常的にはくようになったのは、敗戦後に引揚げてきて九州の山村で暮すようになってからのことだ。

やがてぼくが小学校にあがる年になると、ぼくたち一家は現在のソウルへ移った。そこは大都会で、父親は南大門小学校に勤めて大いに満足そうだった。それまでの寒村の暮しとちがう都会の生活がはじまったのだ。父親はまず床の間に飾る日本刀を買った。賀茂真《かものま》淵《ぶち》や平田篤胤《ひらたあつたね》などの本を書棚に並べる一方で、カントやヘーゲルの翻訳本を買いこみ、しきりにノートをとったりしていた。

服装も少しずつ変化していった。街へ出るときには三つ揃いのスーツを着、ご自慢の時計のブランドはエルジンだった。エルジンは当時かなり格好のよかったアメリカ製のリスト・ウォッチで、これが日本刀とどう結びつくかは、いま思い出してもおかしい。

当時、父親がはいていたのは、黒のストレート・チップの革靴である。もちろん国産の靴だろうが、いつもこまめに手入れをしていたので、見た目はなかなかのものだった。いちどステーション・ホテルに、洋食を食べに連れていってくれたことがある。父親は、ハーッと息を吹きかけて靴をピカピカに磨きあげ、満足そうに家を出た。

やがてぼくたちはもっと北の平壌へ移った。いまのピョンヤンである。そのころから父は国民服を着るようになり、ときどき革の長靴《ちようか》をはくようになった。

日本刀や平田篤胤は当時の風潮である。皇道哲学などという言葉が流行《はや》っていた戦時イデオロギーの時代だ。

そんな昭和十年代の毒気のなかで、父親がカーキ色の国民服を着用し、ときに陸軍の青年将校がはくような革の長靴をはいた気分は理解できないではない。

軍に報道班員として徴用された当時の文士たちの写真を見ると、開襟《かいきん》シャツに軍属服、重そうな軍刀を腰にさげ、チョビひげをはやした人たちが少からずいた。いやいやながら従軍させられていた文士もいただろうし、また一種の気負いを感じさせる雰囲気の作家もいたようである。

そんな国粋的《こくすいてき》な時代にもかかわらず、日本人のこころの底には、依然として〈舶来上等〉という感覚が根を張っていたらしい。父親がエルジンの時計をうれしそうに腕にはめていたのも、ハルビンからの土産といえばモロゾフのチョコレートだったりしたのもその例だろう。子供のころに読んだマンガ本のなかには、〈のらくろ〉と一緒に〈ベティーちゃん〉のマンガもあったのだ。シンガーのミシンや、ゾーリンゲンの剃刀《かみそり》なども貴重なブランドだった。

## 「カピタン」の長靴磨き

やがてぼくは平壌一中に入学したが、それでもまだ革靴をはいてはいなかった。ズックとよばれた運動靴で分列行進をやり、教練の時間には匍匐《ほふく》前進をやった。それが敗戦の年のことである。

ソ連軍がピョンヤン市内に進駐してきたときのようすは、はっきりおぼえている。武装解除される日本軍の兵や将校たちは、みんな真新しい軍服に身をつつんで颯爽《さっそう》としていたのに、入城してきたソ連の兵士たちは、まるで敗残兵のようなひどい格好だったのだ。しかし、ソ連兵たちのはいている靴は、これまでぼくが目にしたことのない種類のもので、ぼくの興味をそそった。それはセミ・ブーツとでもいうのか、足首から二十センチほど上まで革でおおわれた半長靴である。将校たちはぴったりと脚にそった長靴をはき、ベルトに軍用拳銃をさげていた。

ソ連兵たちの奇妙さは、ケモノのようなむき出しの欲望と、妙にひとなつっこいとぼけた呑気《のんき》さが同居しているところにあったようだ。父親のエルジンの時計も、母親の和服や帯なども、たちまち自動小銃をつきつけられて強奪され、住む家も接収されて、ぼくたちが難民化するのに時間はかからなかった。

その年の秋から冬にかけて、ぼくたちは集団で厳しい季節を過ごした。少年のぼくたちにとって、それは非日常の劇的な体験の場でもあった。ちゃんと金を稼ぎさえすれば、大人と同じように何をしても誰も文句をつける者はいなかったからである。

ぼくたちはまずソ連兵のキャンプへ仕事を求めて出かけていった。大人たちには許されないキャンプ地への立入りも、子供だと案外、大目に見てもらえたからである。

稼ぎになるのは、兵営よりも将校の住宅で働かせてもらうことだった。ソ連軍の古手の将校たちは、みな家族も一緒にやってきて、兵営の近くの元日本人官舎に住んでいたのだ。

仕事はいろいろあった。要するにハウス・ボーイとして働けばよかったのである。片言のロシア語も、必要に応じておぼえた。夕食と、黒パンと、肉の塊をもらって帰ると大威張りだった。甲斐性のない日本人の大人たちは、ぼくたち少年が持ち帰る戦果のおこぼれにあずかろうと、やたらと愛想がよかった。

そんなソ連高級将校の官舎での仕事のひとつは、その家の主人であるカピタンの長靴をピカピカに磨くことだった。大尉だろうが中佐だろうが、偉い軍人には誰にでも「カピタン！」と呼びかけるのが、ぼくたちの知恵だった。

「ダア！　カピタン！」

家へ帰ってきた将校は、まず寝台の上に腰をおろし、片脚を椅子の上に乗せて、ぼくたちハウス・ボーイに合図をする。長靴を脱ぐのを手伝えというのだ。彼らのブーツは、それこそ皮一枚の余裕もないほど脚にぴったりと仕立てられている。それを脱ぐとなると、自分一人ではとても無理なのだ。

ぼくたちは二人がかりで将校の長靴を引っぱる。やがてシュッと空気の抜ける音がして、ブーツは脱げ落ちる。

それを息を吹きかけながら、柔らかい布で磨きに磨くのだ。クリームはごくごく少量、そしてあとはただひたすらに磨く。革自体のなんとも言えない艶《つや》が内側から発するまで、ただひたすら磨く。

仕上った靴を将校は点検して、

「ダア！　ハラショ！」

と、うなずき、ぼくたちに幾分のチップを渡してくれるのである。帝政ロシアの、貴族青年将校以来、彼らの革長靴に対する偏愛は、おどろくべきものがあった。

## 靴に対する考えかたのちがい

戦時中、ぼくたち日本人にとってもっともなじみの深い革製の靴は、兵隊のはく軍靴だったのではないかと思う。たしか〈編上靴《へんじょうか》〉とか言っていたような記憶がある。ソールに鉄の鋲《びょう》を打ちつけたその靴は、いかにも重く、野暮《やぼ》ったく、それでいてあまり機能的とはいえない感じだった。

「足に合う靴などと贅沢《ぜいたく》を言うんじゃない！　靴に足を合わせるんだ！」

などと下士官にどなられた新兵の話を、当時はよく耳にしたものだった。そんな日本の軍隊の靴にくらべると、ソ連兵のはいている半長靴のほうが、なんとなく戦闘に適しているように思われたし、ソ連将校の革の長靴は、その脚と一体化した細身のシルエットから、どことなく伊達《だて》な印象を受けたものである。

そもそも最大の相違点は、靴という道具、いわゆるフット・ギアに対する考えかたにあったのではないだろうか。それなりに軍靴に関して研究開発を続けていたとしても、日本の兵隊靴はどことなく三八式歩兵銃と似た古風な感じがともなっている。そこにあるのは靴を人間にとってどこまで大事なものと考えるか、その視点のちがいだろう。

それは現在でもそうである。ぼくたち日本人にとってのもっとも快適なフット・ギアは、やはりいまでも下駄かワラジ、草履《ぞうり》の類《たぐい》ではないかと思うのだ。そもそもぼくたちは靴をそれほど重要なものとは考えてこなかったのである。せいぜいファッションとして、または生活習慣の一部として受け入れているにすぎない。機能としてフット・ギアを考えるのは、最近になってやっと出てきた傾向だろう。

しかし、大陸に住み、移動しつつ何万年も生きてきた連中にとっては、靴はたんなる道具ではない。人間が直立二足歩行をはじめたことに続く、文明化の重要なモメントとして靴の使用がはじまったのだ。裸足《はだし》で暮していた人間が靴を使用するようになったということは、それほど大きな事件なのである。

やがてぼくは平壌を脱出して南下し、徒歩で三十八度線を越える引揚行のなかで、そのことをいやというほど学ぶことになった。どんなフット・ギアを用いているかで、人間の死生が分かたれる実例を、何度となく目にしたのだ。ちゃんとしたフット・ギアを使っていなかった者から、体力を消耗し、歩けなくなって脱落していったのである。いまでもぼくが靴に対して偏執的《へんしつてき》な関心をもっているのは、そんな戦後の混乱期の後遺症なのかもしれない。

朝鮮から引揚げて九州の両親の実家で暮したのは、昭和二十二年ころのことである。それは水道も、電気もない文字通りの山村で、交通手段は自転車が主だった。当時のぼくのフット・ギアは、草履か下駄だった。農作業をやる大人たちは、爪先《つまさき》の分かれた地下足袋《じかたび》である。

そこでは生まれてはじめてワラジを編《あ》んだり、ランプのほやを磨いたり、馬や牛の世話をしたり、炭焼きを手伝ったり、タケノコや山芋を掘ったりした。人生の一時期、そんな自然とかかわり合う日々を過ごすことができたのは、いまにして思えば大変な幸運だった。

自転車の荷台に木炭二俵を積んで急な山道を町までくだるのは、なかなかに体力とテクニックのいる仕事だった。オトリを使ってメジロをとったり、アケビやグミの実を腹いっぱい食べる楽しみもあじわった。

## 靴は貴重品

やがて山から里へ降り、水田に囲まれた村の暮しがはじまる。ちょうど青年たちのあいだでヤクザ芝居と社交ダンスが大流行し、子供たちは皆が少年野球に夢中になっていたころだ。

ぼくも手づくりのグラブを持って、少年野球のチームに加わった。試合のときは敵も味方も裸足だった。もちろんユニフォームなど誰も着てはいない。

高校生になると、下駄で通学した。それまでとちがって、高い歯のついたタカボクリと称する下駄である。旧制高校の生徒がはいていたような下駄だ。ときには歯がすり減らないように、古タイヤのゴムを切って歯に打ちつけてはいたりもした。

クラスに一人か二人、革靴をはいて通ってくる生徒がいた。たぶんどこかの都市からの転校生か、よほど金持ちの家の子弟だったにちがいない。ほとんどの男の高校生が高下駄をはき、腰のベルトに手拭いをさげていた。ちょうど『青い山脈』や『山のかなたに』などという、東宝の青春映画が大ヒットしていた時期で、ぼくたちのあいだでも軟式テニスが大流行したものだ。テニスの練習のときも裸足だったと思う。

革の靴をはじめてはいたのは、昭和二十七年の春に上京してからのことである。たぶん父のお古の短靴だったと思うが、まるきりブカブカで、歩くたびに足の踵《かかと》が靴から離れて持ち上がるという大変なフット・ギアだった。戦後七年を経過して、ようやくぼくも西欧式の靴と身近に接することになったのだ。

一九五〇年代といえば、まだ戦後の空気がかなり色濃く残っていた時期である。日本人も靴に関しては、かなり貴重品のような扱いをしていたようだ。

革靴はもちろんソールや踵がすり減ってしまうまではく。底がいかれて穴があくと、下から水がしみ込んできたりして気持が悪かった。

そこまでいくと〈半張り〉が必要となる。街角には舗道のあちこちに靴直しの親父が坐《すわ》っていて、もっぱら〈半張り〉を専門に商売をしていた。踵には鉄の金具を打ちつけるから、それほどは減らないのだ。
〈半張り〉に本物の革を使うかわりに、スルメを張ったりする悪い職人がいるという噂《うわさ》が広がったのもそのころだろう。野良猫に靴底をかじられて、はじめてスルメの〈半張り〉だったことに気づいた、などという話がおもしろおかしく語られたものだった。

## ものの背後にある伝統と文化を知る

そんな時代から五十年、卵と靴は意外に値段が変っていないものの双璧だ。外国でプロの女性と仲良くするお値段は、どこの国でもほぼ靴一足の定価とイコールである、などと言われたものである。

しかし、いまは靴といっても千差万別でデパートの安売りなら三千円で買うこともできるし、気取ったインポート・ショップのウィンドゥには十万円近い高級靴が並んでいたりする。

一般に日本人のはきものがかなり上等になってきたことは事実だ。先週も東横線の中で、乗客の足もとをチェックしてみたのだが、けっこうみんないい靴をはいているのに感心させられた。

若い連中はもっぱらスポーツ系のシューズだが、サラリーマンはそれぞれに手入れのゆきとどいた靴が多い。しかし、中年以上の男性に、いわゆるスリップ・オン式の靴をはいている連中が多かったことには驚かされた。

明治以来、ぼくたち日本人はいやおうなしに和風と洋風の二重生活を余儀なくされている。昼は近代的なオフィスでパソコンと向き合っていても、夜は料亭だの、炉端焼きの店だの、カップルでお好み焼きの小座敷にあがるだのと、靴をぬぐ機会がやたら多いのだ。

そこでスリップ・オンが重宝されるのだろう。議員バッジをつけた先生がたや、中小企業のオーナー氏など、ア・テストーニや、グラヴァティーや、ときにはヴェルサーチの楽チン靴をはいていらっしゃる向きが目立つのも、同じ理由だろう。

ぼくたちがみずからを東アジア人として自覚するまでには、かなりの時間がかかったはずである。否《いな》、現在もなおぼくたち日本人には、その自覚は十分とはいえないだろう。

明治以来、ぼくたちが脱亜入欧を試みても、何万年という種の歴史をそう簡単に乗り越えることは不可能だった。

漱石はそのことを「猿真似《さるまね》」とよんだ。また「上滑り」の近代化と見た。われわれは欧米の近代に追いつくために、猿真似をしつつ上滑りに滑ってゆかざるをえないだろう、というのが漱石の不快気な呟《つぶや》きだ。

法制を整え、軍隊をつくり、会社を興し、大学を創設し、帽子に靴をはき、ヒゲをはやし、パイプをくゆらし、バロック音楽を聴いたからといって、ぼくたちが欧米化するわけではない。

冷静に考えてみれば、彼我《ひが》の人種的相違、生活慣習の差、その他もろもろの土台が、大きくちがうのである。形だけ真似をしても、体型や慣習は変らない。ロンドン仕立ての三つ揃いのスーツを着ても、なによりも本来の体つきがちがうのである。

それは明治の話だけではない。アルマーニの服を自然に着こなすことのできる日本人が、はたして何人いるか。

もし、体型が十分だったとしても、精神がアジア人である以上、イタリアの服はその着手を裏切らずにはおかない。ファッションが文化であるとすれば、当然、ものの考えかた、感じかた、すべてが服と人間のあいだにかかわりあうからである。

形而上的な問題は、フット・ギア、フット・ウエアの面にもある。まずぼくたち日本人の足の形状には、長年にわたって水田耕作にたずさわってきた人間の特性が刻印されている。先広《さきびろ》、甲高《こうだか》もそのひとつだ。

同時に歩きかたがちがう。先日、甲子園の高校野球の入場行進をテレビで見ていて思ったのだが、体格のいい最近の若い連中も、歩きかたは相変らず田んぼ仕事のそれだ。

膝を上へあげ、曲げておろす歩きかたは、水田の泥のなかに足をつっこんで田植えをしたり、中腰で夏の草とりをした経験のある人間ならすぐに了解されるだろうが、水田耕作民の歴史を反映した歩きかたにほかならない。

ズブズブと沈みこむ足をまっすぐ高く上へ持ち上げて引き抜きつつ歩くしか、水田を歩行するすべはない。膝をのばして田んぼのなかを進むことはできないのである。高校生にも縄文以来の農耕生活がいまも残っているというのは、おもしろい発見だった。

ぼくたち日本人が、明治維新を境として、欧米文明を採用せざるをえなかったということは、じつになんとも言えない苦しいことだった。アジアの一角に鎖国をしてとどまることはできない。しかし、それまで何千年かの時間をかけて形成され、熟成された文化と生活様式を捨て去ることは、有形無形の大きなマイナスを背負いこむことだった。

文化や文明の切り替えというのは、かつて育ててきた美意識や様式、そしてものの考えかた、感じかたまでを一挙に放棄することである。そのことは簡単なようでいて、ほとんど絶望的なほど困難なことなのだ。

和服をやめて背広を着、下駄を捨てて靴をはく。そのことは誰にでもできることだ。しかし、背広を背広らしく着ること、靴を靴らしくはくこと、そしてそれをつくることなど、本当は千年、二千年の背後の伝統や文化を受けつぐことなのだから、一朝一夕にできることではない。

千年かかって形成された様式を真似《まね》るには、ひょっとすると千年かかるかもしれない。そうでないとすれば、それは猿真似を自覚して上滑りに滑ってゆくことを覚悟しなければならない。

## 全国画一の風景

明治から百数十年を経《へ》た平成のいまはどうか。ぼくはいまだに日本でつくられる洋服というものは、洋服とはいいながらじつは似て非なるものではないかと思うことがある。

上衣やジャケットを着たときに、その服がいかに重い素材で仕立てられていようとも、肩に自然にバランスよく乗れば少しも服の重さを感じないものである。

動いて美しい線が出る服は、少くとも男に限っていえば、どんな優秀なテーラーにまかせても期待することは難しい。シャツの襟ひとつ、服のパッドひとつをとってみても、明治から百年経《た》ってもぼくたちはまだ猿真似の域を出ていないと感ずることがある。

自動車にしてもそうだ。日本の車は、日本的完成度において世界の水準を超えている。しかし、どこかが車らしくないのは一体どういうことだろう。何かが足りない、と、すべての車評論家、モーター・ジャーナリストは本心では感じているはずだ。

これは靴についても言えるのではないか。ぼくたちは西洋人の靴をありがたくいただいてはくわけにはいかない。足そのものがちがうのだ。しかし、それをつくるためには百年では無理だというのもまた苦い真実なのである。

ぼくはここで〈日本人特殊論〉、あるいは〈日本文化特異論〉といった幼稚な議論をくり広げようというわけではない。それらの発言は、ほとんどが裏返しにされた〈日本文化優越論〉だからである。

しかし、この国がヨーロッパやアラブ世界と異なった独自の文化の様式を幾千年もかかって育ててきたことは事実である。

東京をはじめとする近代的地方都市を見渡すとき、そこにはほとんど絶望的な様式の欠如、または混乱が横たわっている。坂口安吾ふうにその無秩序に居なおるのは、それはそれでひとつの思想だが、安吾の感覚の背後には西欧モデルで日本文化を肯定してみせる権威主義への嫌悪がまず存在していることも見逃してはならない。

ぼくたちはかつてひとつのスタイルをもつ都市、そして農村や商都をもっていた。宿場町にも、田園風景にも、それぞれの存在感を示す様式があり、その様式を踏まえる限り有機体としての景観が保たれていたのである。

さきごろ北陸の能登《のと》を車で走ったときの、うんざりした気分を思い起こす。能登は民家のたたずまいに、例外的にひとつの様式が残っていた土地である。しかし、いまはもう視覚的にそこが岡山であるのか、宮崎であるのか、はたまた宇都宮であるのかを判別することは不可能だ。

統一的な家並みをもった地域に侵入してその独自性を中和させるのは、まずガソリン・スタンドである。日本全国ひとつのスタイルを採用したガソリン・スタンドが目抜き通りの角にできると、それだけでもう全国画一の風景が成立する。

そしてやがてファースト・フードの店舗が割りこんでくる。チェーン展開するそれらの店のスタイルは、その土地の風土とはまったく関係なく一定である。

さらにスーパー・マーケットが現れ、自動車メーカーのショールームが立ち並ぶと、すでに全国共通規格の薄っぺらな風景があたりを制圧することになる。新幹線の駅前も、飛行場から市内への道筋も、いまは全国どこでも区別のつかない景観だらけになってしまった。

これはフット・ギアから経済体制まで、すべてに共通して見られることだ。その近代化を〈猿真似〉と叱《しか》ることができないというのは、なんという味けなさだろう。後へ立ち返ることもできず、未来を信ずることもできず、ぼくたちはただ上滑りに滑っていくしかないのだろうか。

# 蓮如から見た親鸞

●1998.1.20〜

## 貴族的な家系の親鸞

蓮如《れんにょ》と親鸞《しんらん》のちがいのひとつに、寺に生まれたかどうかという問題がある。どうでもいいことのようだが、そのちがいは大きい。人間はたぶん、どこで育ったかということよりも、どのように生まれたかによって左右されることのほうが大きいのではあるまいか。

いうまでもなく親鸞は寺の子ではない。彼は京都の郊外に領地をもっていた日野家の長子として生まれた。父は日野有範《ありのり》といって、ときの皇太后宮権大進《こうたいごうぐうごんのたいしん》という職についていたという。大進がどれほどの官職かぼくは知らないが、とりあえず貴族のはしくれと考えていいだろう。真宗大谷派《しんしゅうおおたに》（東本願寺）に伝わる有範の人物画を見ると、冠に束帯《そくたい》を着用し、笏《しゃく》をもって、いかにも堂々たる貴人の風体《ふうてい》である。やや下ぶくれの顔で、ひげまで生やして相当に偉そうだ。

この有範の、何代か前の資業《すけなり》という人物は、領地の一角に法界寺《ほうかいじ》を建てた男である。身分は従三位《じゅさんみ》だが、かなりの財力もあったにちがいない。

日野家の系図をたどると、学者や高官がぞろぞろいる。太政大臣《だいじょうだいじん》もいれば大納言《だいなごん》もいる。系図というものは、一般にはほとんど信用されない場合が多い。家系を誇りたい人たちが重視するものだからだ。日野氏は右大臣の藤原不比等《ふひと》、大織冠《たいしょくかん》の藤原鎌足《かまたり》にまでさかのぼる家系を有しているが、ぼくはそのへんにはあまり関心はもっていない。とりあえず親鸞が、そのような家の長男として誕生したということだけが記憶に残っている。母は源義《よし》親《ちか》の孫、吉光女《きっこうにょ》と伝えられている。つまり母は源氏の家につらなる人だった。同時代の人に鴨長明《かものちょうめい》がいて、彼は世を捨てたのち、この日野に方丈《ほうじょう》をもち、隠遁者《いんとんしゃ》として生きている。

さて、親鸞は一一八一年（治承五年）九歳のときに、出家し、髪をおろして範宴《はんえん》と号した。親鸞には四人の弟がいた。それぞれ延暦寺《えんりゃくじ》や三井寺《みいでら》で出家している。兄弟がすべて出家したというのは、ただごとではない。いくら仏門に入るのが流行であったとしても異常である。なにか事情があったにちがいない。

親鸞は出家して比叡山にのぼる。それからあとのことは、よく知られている。とりあえずここでは、親鸞が僧侶とは関係のない家に生まれた人であることだけをおさえておきたい。そして、その出自《しゅつじ》が、一般庶民の家庭とはちがう貴族的な家系であったことも、確認しておく必要がありそうである。

ところで、あらためて親鸞の父の有範の身分について考えてみよう。彼の職が皇太后宮権大進であったことは前に書いた。千葉乗隆氏の『親鸞・人間性の再発見』という冊子があって、そのなかに有範についての記述がある。

《(前略)有範の昇進が皇太后宮大進でとどまったのも、父経尹《つねまさ》のためとみられる。(後略)》

この経尹という人物は、不行跡のゆえをもって日野家から追われたのだそうだ。相当に放埒《ほうらつ》な男だったのだろう。親鸞の祖父にあたる彼は、従五位下《じゅごいげ》阿波権守《あわのごんのかみ》であった。

この父親の悪名のせいで有範は大進までしか昇進できなかったのではないか、というのである。

では、大進はどの程度の官位か。皇太后宮職には、五つの階級があったらしい。大夫《たいふ》、亮《すけ》、大進、少進、属《さかん》の五階級である。その下から見れば上へ三つ目、逆に上から見ても三つ目という、ちょうど中間の職が大進になる。かならずしも高級官吏ではない。といっても、下級役人といってしまってはかわいそうだ。

さて、この有範が大進としてつかえた皇太后とは何者だろう。千葉氏は事実が明確でないことを述べた上で、建春門院《けんしゅんもんいん》平滋子《しげこ》ではないかと推理されている。この人は後白河天皇の女御《にょご》で、高倉天皇の生母だそうだ。

千葉氏がこの建春門院に的をしぼられたのは、そもそも日野の一族が後白河天皇に関係が深く、親鸞が出家する際に立ちあった伯父範綱《のりつな》が後白河上皇の近臣であったこと。また、同じく父の有範の兄の宗業が上皇の皇子以仁王《もちひとおう》の学問の師であったことなどから、有範が仕えるとすれば後白河天皇の女御であった建春門院がもっとも可能性が高いという理由による。

ぼくがなぜこのようなくだくだしい家系にこだわったかといえば、親鸞という人の出自が、かならずしも上級貴族とは言えないにせよ、相当に深く天皇家にかかわった家系にあることを確認しておきたかったからである。

## 流罪にされた親鸞の怒り

もともと親鸞に関する根本史料はそれほど多くない。大正十年に親鸞の妻恵信尼《えしんに》の手紙十通が西本願寺から発見されるまでは、親鸞が本当に実在した人物であるかどうかということすら疑念がいだかれていたのである。以上、述べた日野家についてのあれこれも、一時は史料価値が疑問視された『親鸞伝絵《しんらんでんえ》』によるしかない。

『親鸞伝絵』というのは、文字どおり親鸞の生涯を描いた絵巻式の伝記である。親鸞の生《お》いたちや人生を解くには、欠かすことのできない資料とされている。親鸞の曽孫にあたる覚如《かくにょ》によって編集、制作された。親鸞の死から三十三年後の一二九五年（永仁三年）のことである。死後三十余年といえば、まだ故人の生前の記憶も人びとのあいだにくっきり残っていただろう。

しかし、この『善信上人絵《ぜんしんしょうにんえ》』、あるいは『本願寺聖人親鸞伝絵』とよばれる絵伝は、千葉

氏の言葉を借りるなら、

《（前略）それは、従来、真宗の寺院に伝蔵されてきた親鸞の自筆と称する文書や経典などに、科学的な歴史研究法によって検討を加えた結果、疑わしいものが続出した。しかも親鸞について、真宗寺院以外に史料は皆無のところから、親鸞の存在にすら疑問がいだかれるにいたった（後略）》

しかし、その後の地道な確認作業や研究、恵信尼の手紙の発見などによって『親鸞伝絵』の信憑性はたかまり、親鸞が実在の人物であることを誰もが疑わなくなってくる。

とはいうものの、ぼくはもともと「記録よりも記憶」という立場である。表現されたものはかならずなんらかの目的をもつものなのだ。編集・制作者がいかに客観性を重んじ、中立の立場を保とうとしても、表現はすでに創作の世界に踏みこんでいる。主観を極力おさえることは可能であったとしても、主観をまじえない創作物などつくられる意味がない。

したがって、学問的にどれほど確実な史料であっても、それはひとつの〈史料〉であり、過去に生身で生きた一個人のありのままの姿を再現することはないのだ。史料や資料が血肉をもつ人間を如実に語ることができる、などという考えほど安易なロマンチシズムはないだろう。中野重治ふうに言うなら、それは〈側面の一面〉を後世の人びとに見せてくれるだけにすぎない。

そこを覚悟した上で、とりあえず『親鸞伝絵』の語る親鸞の出自は、天皇家の藩屏《はんぺい》の外にではなく、その内側にあったと考えよう。そのことが、後年、師法然《ほうねん》とともに流罪《るざい》に処せられたときの親鸞の激烈な怒りにつながってくるとぼくは思うのである。有名な専修念《せんじゅねん》仏《ぶつ》者処罰事件に際して、親鸞の示した怒りはただごとではない。日本史上、天皇とその機構に対して、これほどストレートに怒りを爆発させた例は、親鸞以外絶無と言っていいのではないか。

その事件が起きたのは一二〇七年（建永二年）のことである。よく知られている話だが、一応あらすじだけを紹介しておく。

《どんな下々の者でも、仏を信じて念仏をすれば必ず浄土に迎えられる》

という専修念仏の教えを説いて、当時、人びとを熱狂させていたのが法然の教団である。親鸞はその運動に加わって日は浅かったが、法然の信頼厚い重要なメンバーであった。

後鳥羽上皇の留守中に、お気に入りの官女の鈴虫、松虫らが、法然門下の念仏者の法会《ほうえ》に参加して外泊したことがスキャンダルとなり、逆上した上皇は関係者を逮捕する。念仏教団を激しく非難する興福寺奏状《そうじょう》も伏線としてあり、異例と言っていい厳しい処置がとられた。専修念仏は即停止され、念仏法会の主催者であった遵西《じゅんさい》など四名は死罪。リーダー法然と弟子八名が流罪に処せられる。親鸞もこれに連座して越後へ流されることとなった。

この事件の背景には、もちろん旧エリート仏教界の、新興教団に対する反発と恐怖があったはずだ。一般に親鸞思想の核のように受けとられている〈悪人往生《あくにんおうじょう》〉論も、もともとは法然教団の教えのひとつである。悪事をしたことや罪を犯したことは浄土へ救われるさまたげとはならない、という思想は、旧体制にとっては恐怖の論理であっただろう。

そして当然のことながら〈悪人往生〉の思想は、さまざまな問題を生み出す。〈造悪無碍《ぞうあくむげ》〉という悪を恐れぬ立場がそれである。いくら悪行をはたらこうと念仏さえすれば救われるというのは、〈悪人往生〉論の本来の願いではない。しかし、鮮やかな思想はつねに諸刃《もろは》の刃《やいば》である。副作用のまったくない新薬などありえない。「念仏さえすれば」という易行念仏《いぎょうねんぶつ》の教えは、当然のように安易な〈悪を為《な》すも障《さわ》りなし＝造悪無碍〉へのブレークアウトを内包して成立する論理であった。親鸞はその法然の諸刃の信仰を、さらに鋭く研ぎすました人といえるだろう。

## 人間・親鸞の息づかい

いずれにせよ、法然教団は断罪された。そこには後鳥羽上皇の人間くさい激情が感じられる。寵愛していた女房たち二人が、新興教団の幹部たちと法悦の一夜を過ごしたのだ。それも自分が熊野へおもむいている留守中に。

ここで女房というのは、当時の宮廷内部（徳川幕府でいうなら大奥）において、個室をあたえられる身分の高い女官のことである。上臈《じょうろう》、中臈、下臈にわかれるが、いずれにせよ上皇にとっては自分のテリトリーに属する女たちだ。上皇も、ひとりの男として思わずカッとなったというのが事実だろう。

この後鳥羽上皇と体制側の苛烈《かれつ》な処置を、親鸞は生涯ゆるさなかった。上皇も怒ったようだが、親鸞のほうの怒りはさらに激烈である。

彼は後に『教行信証《きようぎようしんしよう》』のあとがきで、このような文章を書く。親鸞は思い返すたびに歯《は》嚙《が》みしたくなるような気持のたかぶりをおさえることができなかったようだ。

《(前略)主上《しゆじよう》・臣下、法を背き義に違《たが》い、忿《いかり》を成し怨《おん》を結ぶ。これによって真宗興隆の大祖源空法師並びに門徒数輩、罪科を考えず、猥《みだりがわ》しく死罪に坐す。或は僧儀を改め姓名を賜うて遠島に処す。予はその一也。(後略)》

原文は漢文だが、読みやすく書き下せば右のようになる。〈源空法師〉とは、師、法然上人のことだ。

それにしてもなんという激しい筆致だろう。持っている筆の穂先が、わなわなと震えていたのではないかと思わせる書きかただ。その事件からすでに歳月は流れている。にもかかわらず、そのときの怒りは鮮明に心魂《しんこん》にきざまれて消えることがなかったのだろうと思われる。

〈主上〉とは上皇・天皇のことだ。古くはシュショウと呼んだようだが、まぎれもなく天皇をさす。〈臣下〉とは、朝廷の権力機構につながる一党のこと。

ここで親鸞は真正面から後鳥羽上皇を弾劾《だんがい》して、一歩も引こうとはしない。史上、これほどはっきりと激しく天皇を非難した文章はないだろう。

〈主上・臣下、法を背き義に違い、忿を成し怨を結ぶ〉

上皇・天皇だけではない。それを取巻く連中すべてに対して完膚《かんぷ》なきまでに怒りの刃は向けられる。〈忿を成し怨を結ぶ〉という表現には、後鳥羽上皇の男としての激怒までが断罪されている。〈猥しく〉とは、そのことをさらにひと押しする表現だ。

〈予はその一也〉

自分はそのような非道な処置を受けた一人だ。師や仲間を〈猥しく死罪に坐〉しめたり、〈僧儀を改め姓名を賜うて遠島に処〉すという暴挙を向うが行うのならば、自分にも自分の覚悟がある。

〈しかれば、すでに僧に非ず俗に非ず、是の故に禿《とく》の字を以《もっ》て姓となす〉

僧に非ず、という親鸞の宣言の背後に、彼のなまなましい怒りの熱を感ぜずにいられないのは、ぼく一人だろうか。

『歎異抄《たんにしょう》』は著者とされている唯円《ゆいえん》の文章である。いうまでもなく親鸞自《みずか》らの著作ではない。そこにたちこめる息づかいは、当然のことながら唯円という人間の個性だ。

しかし、『教行信証《きょうぎょうしんしょう》』は、まごうことなき親鸞の文章である。その行間に漂う人間の匂いは親鸞その人の息づかいであると見ていい。

〈主上・臣下、法を背き義に違い、忿を成し怨を結ぶ〉

ふつふつと沸《たぎ》る激しい怒りを親鸞はおさえることができない。この文章を受けて、〈猥しく死罪に坐〉しめ、〈僧儀を改め姓名を賜うて遠島に処す〉以上、自分としては黙ってその屈辱と不正を見逃すわけにはいかない。〈しかれば〉と、親鸞は開きなおって宣言する。〈僧に非ず俗に非ず、是の故に禿の字を以て姓となす〉ぞ、と。

ここで親鸞は少しの迷いもなく、上皇・天皇と同じ目線で向き合っている。人間同士、おれは断じて許さないぞ、とまっすぐ主上をにらみつけて言っている親鸞がここにはいる。

歴史上、上皇・天皇に向って、これほどストレートな怒りを爆発させた人物はほかにいただろうか。仏の前にすべての人間は平等である、などという宗教の次元ではない。上皇・天皇を雲の上の人びととしてではなく、みずからの一族が支えてきた一個の人間として見つめているのだ。

もし親鸞が寺の子として生まれながらの僧侶の一族であったなら、おのずとその天皇を見る視線は異なっていただろう。垣内《かない》、垣外《かがい》という言いかたがあるが、親鸞の感覚は垣内の一人として天皇・上皇に水平に向けられていると言っていい。一方、蓮如は生まれながらの寺の子であった。しかも母親の出自は、〈生まれも育ちもさだかならぬいやしき女〉とされている。父系に貴族聖人の流れをくみ、母系に社会の下層民の系譜をひくという、じつに劇的な条件を彼は生まれながらにして背負っていた。

下降感覚と上昇志向の二つの逆流する感性が蓮如の内に渦巻いていたとしても少しも不

思議ではない。親鸞は生まれながらにして天皇を同じ目線で直視することのできた人だ。流罪にされた親鸞は、貴種流離譚《きしゅりゅうりたん》の主人公である。この誇りたかき親鸞の怒りのなまなましさが〈禿《とく》〉の一字にはある。

1980年。『青春の門』（東映）撮影時の筑豊にて
／撮影＝野上透

# 老いはつねに無残である

●1998.11.10〜

## 〈美しき老年〉という言葉のしらじらしさ

ムザンという字はどういう字だったのだろうと迷う。〈無残〉と書いてしまえば簡単だが、それではいまひとつ感じが出ない。

辞書をひいて、ようやく〈無慚〉〈無慙〉などの字を思い出す。しかし、どこか倫理的な雰囲気があって、ちょっとちがうな、とも思う。

〈老いはつねに無残である〉というのは、もっと身体的、日常的なことに関しての実感だからだ。

最近、『老人力』という本が話題になって、あちこちで〈老人力〉をつけよう、などという記事を見かけるようになった。『老人力』とは、いいネーミングだ。字を見ているだけでも、なんとなく心強くなってくる。

しかし、やはり老いというのは無残なことであって、一日に何度かは、「やれやれ」とか、

「あーあ」とか、ため息をつくことのほうが多いのはいたしかたない。

それも精神的なことより、もっとフィジカルな問題として「やれやれ」なのである。若いころにもどりたいなどとはけっして思わないけれども、老いてエントロピーが増大、つまり乱雑さや無秩序の度合いが増えていると、しみじみと身にしみて感ぜられるのだ。

たとえば、朝起きると体の節々が痛い。目には目ヤニがこびりついている。なんとか起き上がってトイレにいくと、小便が気持よく出ない。六十歳を過ぎた男性で、若いころのようにシャーッと勢いよく噴出する人がいたとしたら、それはめずらしい例だろう。大なり小なり前立腺に問題が出てきているのが普通の六十代だろう。

頭がぼんやりして仕事をする気がしない。歯に落着かない感じがある。もう十年近く歯を修理していないので、そろそろ限界がきたらしい。

六十六歳になったという意識が、急に行動を減速化させて、することなすことすべてが緩慢《かんまん》になってくる。食欲も以前ほどはなくなった。髪の毛が細くなって、いかにも力を失った感じである。十代のころはバリバリゴワゴワの剛毛をうとましく感じたものだったのに。

固有名詞がまったく出てこなくなった。ついさっきまで考えていたことがなんだったのかさえ忘れることがある。面と向って話をしている相手の名前まで失念することがあるのだからやりきれない。それを嘆くエネルギーさえ失われて、ただ空しく苦笑するしかない。

正直なところ、年をとるというのは情けないことだ。人は無残に老いるのである。〈永遠の青春〉などという言葉が虚《むな》しく響くように、〈美しき老年〉などという表現もどこかしらじらしい。

もちろん、世の中には、そういった言葉がぴったりくる見事な老いもあるだろう。ぼくもそんな例を知らないではない。

しかし、ごく一般的に言って、老いは哀しいことであり、無残なものであると思う。高齢者の気持をダウンさせようとして、こんな意地悪なことを言うわけではない。先先月、六十六歳を迎えたぼく自身の、いつわらざる実感なのだ。

同じ話を再三、再四、くり返すのも情けない老いの徴候である。急いで青信号の交差点を渡りかけて舗道の端につまずくのもそうだ。部屋を出て、忘れ物に気づき、取りにもどりながら、自分は何を取りにもどったのだろうと当惑したりもする。

誰にどんなふうに励まされようと、老いることはけっして素晴らしいことではない。長く生きるのも、ほどほどにしておかないと、自分もまわりも困ることになる。

## それでもプラスを見つけだす

そう自分で納得していながら、どうして健康のことなど気づかうのだろう。そこが不思議で仕方がない。

てくる。

『歎異抄《たんにしょう》』に出てくる有名なエピソードに、親鸞が体調をくずすたびに不安になる話が出てくる。

すべてを阿弥陀如来におまかせして、いずれきっと浄土に迎えられる身と納得はしていても、ちょっと熱が出たり、腹を下したりすると、不安になっておろおろしたりする自分のおかしさを親鸞は語っている。

親鸞にしてそうであるなら、ぼくたちが体調を気にするのは不思議でもなんでもない。もう数年で世を去るとわかってしまったあとでも、ビタミン剤とか朝鮮人参を服用するのが人間というものだろう。

それにつけても、年をとるのが当然の成り行きならば、己《おのれ》の無残な変り様をただただ嫌悪しつつ余生を過ごすというのも、どうも芸のない話ではないか。

老いはつねに無残である、と、ありのままに事実を受け入れ、その上で何かそのマイナスに比例するようなプラスを見つけだす道はないものだろうか。

それがたとえヴァーチャルなつくり話であったとしても、自分が信ずれば、それは存在するというのが現実というものなのだから。

うつらうつらと眠りながら、こんなことを考えた。眠りながら考えるなんてことがありうるのか、と言われそうだが、これがあるのだ。ぼくはしょっちゅう夢の中で考えにふけることがある。もちろん、覚《さ》めたあと、おぼえていることもあり、忘れていることもあるが、いずれにせよ夢の中の思索などというものは大したものではない。

それを承知で書くのだが、〈老い〉に何らかの意味を見いだしたいと、ふだんから思っているることがそんな夢中の思考をさせたのだろう。

仏教の根本の思想には、無常ということがある。読んで字のごとく〈常ならず〉ということだ。万物は流転し、変化する。

生命もしかり。

自然もしかり。

社会もまたしかり。

すべてのものは変化する。変るとは動くことである。きのうの我はきょうの我ならず。一年たてば確実にひとつ老いるのが人間だ。

動くためにはエネルギーが必要だろう。考えてみれば、眠ることと同じく、老いるためにもエネルギーが不可欠だ。なぜなら変ることは動くことであり、動くためにはそこにエネルギーが働く。

エネルギーとは力である。力が働くということは、そこに目的があるということだ。

このへんがちょっと飛躍するところだが、とにもかくにも、変るということ、動くということには目標があり、目標があって動くということは、そこになんらかの意志が存在することにほかならない。

つまり、老いにもひとつの意志が働いており、老いることはその意志の一部として、その意志を体現していることではあるまいか。

　そう考えれば、人はただ生まれてきて、生きて、老いて、死んでゆく、それだけでも人間として十分意味のある生を全《まっと》うすることになるだろう。

　人は生きているだけで価値があるのだ、と考えたい。老いて、死んでゆくことも、大きな宇宙生命の意志の現れなのだから。

　三年寝太郎のように生きるのも、一生を樽の中で夢見つつ暮すのも、それなりに意味のある人生と受けとめよう。成長するのも、老いるのも、病気をするのも、流転し、変化する意志の実現なのだから。このへんで目が覚めた。

## きたるべき宗教の目的

　きのうあるご婦人と話をしていて、「日刊ゲンタイ」の連載の話題になった。

「イツキさん、よく老いは情けないみたいなことを書いてらっしゃいますね」

「ええ」

「でも、あれって、わたしなんかにはどうしてもピンとこないんですよ」

「そうですか。おいくつになられました？」

「数えで七十八。ほんとは七十六なんだけど、ひとつでも多く言いたいもんだから、いつ



二十一世紀まで、あと何年かの余裕がある。もうすぐ、と言われても、この
かが問題なのだ。

「来年のことを言うと鬼が笑う」

　などとよく言う。昔は、なぜ鬼が笑うのだろうと不思議に思っていた。いまになってみて、その言葉が妙なリアリティーをおびて感じられるようになった。

　来年のことをあれこれ語るだけでも鬼に笑われるのだ。まして二〇〇一年のことを、あれこれ想像することは、まことに笑止なことだろう。

　きょう一日、あした一日、それが勝負なのであって、二十一世紀のことなど問題ではない。

　とはいうものの、よく聞かれることのひとつが、この、

「二十一世紀はどうなる」

という問題だ。私見では、などと鬼に笑われることを承知で妄想《もうそう》を語れば、二十一世紀という時代は〈宗教ルネサンス〉の時代になるのではあるまいか。

二十世紀は文字通り〈科学の世紀〉だった。文化のメインストリームが科学であった、という意味で〈科学の世紀〉と言っていいだろう。

しかし、しごく大ざっぱな言いかただが、やがてきたるべき時代とは、科学で解明しつくせない世界の再発見であり、再評価の時代になるのではあるまいか。二十一世紀を〈宗教ルネサンス〉の時代と思うゆえんである。

新しい宗教の時代とは、はっきりした目的をもった宗教が動きだすということだ。宗教に目的など不要という見かたも一方にはあるだろうが、時代は宗教に孤高の塔にこもることを許さないだろう。

きたるべき宗教の目的とは何か。それは「人生には意味がある」ことを、人びとにはっきりと指し示すことではないだろうか。

「自分の存在には意味がある。人生には目的がある。人間にはすべて生きる目的があり、意味のない人生などというものはない」

そのことをはっきりと、すべての人が納得できる形で知らしめること、それが新しい宗教の担《にな》う役割りではないかとぼくは思う。




「そうよ。だいたいイツキさんの考えかたは暗すぎると思うわ。もっと読む人に元気をあたえるような文章を書くのが作家でしょ。それが気の滅入《めい》るようなことばっかり書くんだもの」

「やっぱり、気が滅入りますか？」

「そりゃあね」

「たとえば？」

「いろいろあるわよ。入歯が合わないことも頭痛の種だし、孫が学校へ行きたがらないことや、ときどき右手がしびれることや、白内障が出てきたことや、リウマチもあるし、痛風もつらいわね。それに大好きな音楽を聴いていても昔みたいに感動しなくなっちゃったし。いろいろあるわよ」

そこで現れる宗教とは、従来の宗教、既成の宗教とは、かなり異なった相貌《そうぼう》を呈するにちがいない。その明確な姿は、まだぼくにもわからないのだが。

# 長谷川等伯の原風景

●2000.3.22〜

## 武士の家に生まれた絵師

能登《のと》に来ている。北陸にしてはめずらしく青空が見えるが、風は冷たい。新幹線の車窓から静岡あたりでは、ちらほら早咲きの桜も見えたのに、北陸本線ではどこもその気配がない。加賀平野のかなたの白山《はくさん》は、まだ真っ白だ。

きのうは京都で取材をして、午後のサンダーバードで和倉《わくら》へやってきたのである。あすは七尾《ななお》から羽咋《はくい》のほうへ、海岸線ぞいに歩くことになるだろう。

こんど能登へやってきたのは、等伯の『松林図』の原イメージをさぐるためだ。

長谷川等伯《はせがわとうはく》は安土桃山時代に大きな仕事をした画家だが、出身は七尾である。定説では武士の家に生まれ、子供のころに地元の染物業者の家に養子にいったとされている。武士の子が、寺や、同じサムライの家でなく、染色屋にもらわれていったのはなぜだろう。当時の長谷川家がどの程度のランクであったかはわからないが、染物を業としていたことに注目したいと思う。染物屋を紺屋といったのは関西だけの言いかたではあるまい。ウルシの原料や、アイなどを扱う人たちの生活を、白山に連なる山びとたちの一員として関心を抱いたのは、蓮如《れんによ》が吉崎《よしざき》時代に特に熱心にそれらの人びとにアプローチしていた事実を知ってからのことだ。

先日、NHKの特集班の依頼で、はじめて等伯の『松林図《しようりんず》』と対面した。現在は屏風のかたちで見ることができる有名な作品だが、もともと屏風絵として描かれたものであるかどうかは、いまひとつはっきりしない。

はっきりしているのは、その作品が不思議な魅力をはなって現代のぼくたちに迫ってくることである。

NHKの美術番組関係のセクションで、日本の美術史上に残る名作を識者にアンケート調査を行ったところ、圧倒的な支持を集めたのが等伯の『松林図屏風』だったという。もともと高い評価を得ていた画家ではあるが、最近にわかに等伯に熱い視線が注がれているらしい気配がある。

それも、等伯が京都の寺や、武家大名らの屋敷などに描いた豪華絢爛《ごうかけんらん》たる障壁画《しようへきが》のほうにではなく、ほとんどモノトーンの、未完成の絵とも見えなくもない『松林図』が注目を集めているらしいのだ。

「いま、なぜ等伯か。そして、いま、なぜ『松林図』か?」というのが、NHKのスタッフの心をとらえた強い関心であるらしい。

ゆうべ異様に大きな月を見た。たぶん七時半ぐらいの時刻だろうか。能登島へ渡る橋の上に、まずオレンジ色の赤味をおびた月がぼんやりと姿を見せ、みるみるうちに黄色味を増しつつ中空にのぼっていったのだ。黒い能登の内海が銀色に光り、あたりに人家の燈火がないだけに月はものすごいほど見事だった。

こんな月をひさしぶりに見たような気がした。

十一時を少し過ぎたころ、けたたましく電話が鳴る。出てみると「日刊ゲンダイ」の原稿の催促。

きのうが休日だったので、ついうっかり原稿を忘れていたのだ。恐縮しつつ一回分をファクシミリで送る。よくもこんなダラシない書き手を放し飼いにしてくれているものだ。催促の電話がなければ、一日分紙面に穴があいていたことだろう。年をとるというのは、こういうことかと苦笑。

一夜明けて、きょうは等伯の『松林図』の風景と合致する場所を探ねるシーンの撮影である。スタッフのHさんは三日もかけて能登の松林をロケハンして回ったらしい。もともと三国あたりから内灘《うちなだ》を経《へ》て、羽咋《はくい》の海岸線へかけて防砂林として植えられている黒松の林が続いているのだが、最近は松が虫にやられて、相当まばらになっている気配がある。

等伯は七尾の出身である。養子先の義父が雪舟《せっしゅう》の弟子に水墨画の手ほどきを受けたとか伝えられているから、たぶん絵筆を握る最初のきっかけは、義父のすすめもあったのかもしれない。若いころから相当の技術を身につけていたとみえて、地元の寺や寺社関係の仕事をしていたようだ。仏画師としての仕事のなかに、すでに安土桃山期を代表する画家としての才能が感じられるのである。

## 海外からの玄関口・能登

マイクロバスで、海ぞいの砂丘へ。

風が冷たい。

冷たい上に、重い風だ。

重いということは、乾いた風でなく、たっぷり湿り気を含んだ風ということだろう。シベリアのほうから日本海の湿気をおびた風が渡ってきて、平野部の南に続く連山にぶつかり、雨や雪を大量に降らすというのが日本海ぞいの土地の気候である。

ぼくが金沢に住んでいたころ、田中角栄が大胆不敵な列島改造案をとなえていた。列島の背骨にあたる山脈の上のほうを削ってしまえ、というのである。そうすれば湿度をおびた風は太平洋側へ抜けて、豪雪に悩まされる地域がなくなるという説だった。

能登の海岸に立って強い風に吹かれていると、ふと三十数年前のことが思いだされる。新人小説家としてデビューしたばかりのころ、日本海ぞいの浜で、よく雑誌社やテレビの取材を受けたものだった。

内灘の海岸には、まだ昔のコンクリートの弾薬庫が残っており、かつての反対闘争を思いださせる風景だった。

砂丘を歩いたり、波打際を走らされたりと、撮影する側も、される側も、かなりハードな作業だったと思う。

海からの風は当時と変らないが、こちらのほうはすでに六十代の後半にさしかかった老人である。三十代の新人作家のころのエネルギーはない。

携帯カイロでも持ってくるんだったな、と後悔するが、もうおそい。五分も立っていると骨の髄まで冷えきってくる。何しろシベリア方面から吹いてくる風なのだ。

長谷川等伯は、三十二歳まで能登にいた。仏画師という仕事がどれほどのものか、想像はつかない。しかし、彼もまたこの海ぞいの道を、仕事を求めて往復したにちがいない。

当時、京都では狩野《かのう》派が大活躍している。能登に住みながら、若い絵師の胸中には、いかなる野心が渦巻いていたことだろう。

北陸は全体にそうだが、能登もまた真宗《しんしゅう》の土地である。そのなかで、等伯は日蓮宗《にちれんしゅう》の家だったらしい。やがて京に向う彼の背景に、そのことが無関係だったとは思われない。

しかし、地方から京へ向うことを、単に「上京」としてだけとらえることはできないだろう。

当時の能登は、かならずしも辺地ではなかったからである。日本海ぞいの地域は、そのころはむしろ日本列島の表街道だったからだ。

北前船《きたまえぶね》のことは、いまさら言うまでもない。そのことを考えに入れずとも、沿海州《えんかいしゅう》に向って開かれたこの地が、海外からの開かれた玄関口だったことは容易に想像できるだろう。

**絵師の心象風景**

カムチャツカ、サハリン、シベリア、中国東北部、朝鮮半島、すべて海で結ばれた土地である。

古代から、さまざまな文物が、海をわたってこの列島へ到来した。平安時代には高価なシベリア産のテンの毛皮が能登から京へ運ばれたと聞いたことがある。能登は、かつての横浜や神戸と同じように、情報やモードの最新の発信基地だったとも言えるだろう。

波打際から西南の方角に、白い雪を残した山が見える。その横に少し斜めにかしいだ黒松の林。

あれが『松林図』の霧のかなたに浮かびあがっている白い雪山だと、すぐに感じた。どうやら宝達山《ほうだつざん》という山らしい。おそらく冬期には真っ白な山容を中空に見せているはずだ。

撮影スタッフが準備をしている松林へ移動して、ふたたび少ししゃべる。

Hさんが苦労して探し出してくれた松林は、まさしく等伯の『松林図』の構図そのものである。ここに朝もやが立ちこめ、かなたに宝達の雪嶺《せつれい》がそびえて見えたなら、『松林図』の原像は目の前にあることになる。

等伯の心中深く生き続けていたのは、まさしくこの能登の松林の風景だったのだろう。京都へおもむき、千利休《せんのりきゅう》らのバックアップもあって、当時の狩野派の牙城《がじょう》に切りこんだ得意の時期、彼は多くの安土桃山期を写す華麗な障壁画を描いた。それは当時の権力者たちの力と栄光に花をそえるにふさわしい作品群である。

しかし、その一方で、等伯の心のすきまによみがえっては消える構図は、誰のためでもない、自分の心象風景を托《たく》した山水の姿だった。おそらく青年期に貧しい仏画師として生きた日々の記憶に残る、能登の海岸ぞいの黒松の林と、宝達の白い山容がそれだったのだろう。

松林の撮影を終えて、羽咋の妙成寺《みょうじょうじ》へ向う。

妙成寺は真宗王国の北陸ではそれほど多くない日蓮宗の本山である。「能登《のと》滝谷《たきだに》・妙成寺」と号する。この寺がじつに美しい寺だった。古色が塩分をふくんだ風のせいか、白く雅《みや》びな深みを加えて、五重塔がそびえる姿もひときわ見事な眺めだ。

ここを訪れたのは、寺宝の等伯の『涅槃図《ねはんず》』を拝見するためである。

『涅槃図』は京都の本法寺《ほんぽうじ》のものが有名だが、妙成寺で目にしたそれも、まことに見事なものだった。

等伯にはアート・ディレクターとして、またイラストレーターとしての卓抜な才能が、すでに能登時代からそなわっていたようだ。京都での数々の作品に見られる才能は、この妙成寺の『涅槃図』にも十分に見てとれる。ことに画面上方にたなびく煙、そして花々の描きかたは、彼が後年に京都で描いた作品群の技法の土台をなすものだろう。寒風のなか、みのりの多い能登行だった。

# 英語とPCの時代に

●2000.5.9〜

## 言葉を制する者は世界を制する

フィンランドにはじめて行ったとき、看板が二か国語で標示されているのがめずらしかったことをおぼえている。フィンランド語とスウェーデン語の両方で書かれている場合が多い。

そのうえ、ほとんどの国民が英語をしゃべる。年配の人たちはロシア語がわかり、さらに上の世代の人びとはドイツ語を話す場合が少くない。

アメリカ映画は当然、字幕なしで上映されるから、アクションものを観るにも英語が理解できなくては話にならない。

ぼくたちは字幕つきで外国映画を観るし、オペラやミュージカルなども翻訳が出る場合が多い。したがって、べつに外国語を解さなくても、ほとんど不自由を感じないで生活できる。

しかし、最近、急激に英語が日常の暮しのなかに強引に入り込んでくる感じがあるのだ。流行《はや》り歌の文句はもちろん、新製品の解説書などを読んでいても、やたらと難しい英語が出てくる。電化製品など、英語で標示してあるものも多い。

手もとにある道具を手にとってみよう。簡便な卓上時計を裏返してみる。ＯＰＥＮという字と矢印がついている。押してみたら電池が出てきた。ＰＵＳＨと書かれてあるところは時刻合わせと、目覚ましのボタンだ。このへんぐらいまでならどうってことはない。ＳＮＯＯＺＥという文字がある。これはなんだろう。スヌーズと読むのだろうか。仕方がないので電子辞書で調べてみる。

Ｓｎｏｏｚｅ――（動詞）居眠りする。（名詞）うたた寝。居眠り。午睡《ひるね》。

残念なことになんのことやらよくわからない。目覚ましのセットボタンの中間にあるところを見ると、たぶんそのへんの関係なのだろう。

もっとも簡単な卓上時計ですらそうなのだ。これが新しいエレクトロニクス製品となると、どうにも対応のしようがない。

便利でよさそうな、と、デジタル・カメラを何台も買ったが、これも英語の力をためされているような解説書がついている。パソコンともなれば、あな怖ろし。

しかし、言葉は神とともにあった。はじめに言葉ありき。言葉を制する者は、世界を制する。人間の精神を制する。そのことをしっかりとつかまえた英語国は、世界の共通語を英語にする努力を続けてきた。そのたゆまぬ作戦は成功し、いわゆるグローバル・スタンダードは、二進法と英語に決定したらしい。二進法とはキリスト教的二元論にもとづく思考である。

言葉はたんなる道具ではない。道具と書くかツールと書くかは、書き手の精神に大きな影響をあたえる。

英語の達人で、立派な日本人であった先人は少からずいる。漱石《そうせき》などもそのひとりだろう。それは現在でも同じことだ。英語が上手になることが日本人から離れていくことだとは思わない。

しかし、英語を上手に使うということには、二つの様相があるのではないか。片方はネイティヴのようにしゃべり、議論することのできるタイプで、一般にはそちらのほうを英語の達人と称することが多い。

もう一方は、発音やゼスチュアなど、表現のスタイルとしてはいささかユニークであるが、正しく意志を伝え、相手の思想を批判することのできるタイプである。すなわち、あくまで日本人の使う英語であるが、その内容において相手に一目おかせるような存在だ。

英国人やアメリカ人と同じように英語を話すことは、それほど難しいことではないだろう。帰国子女のなかには、ほとんどネイティブと変らない表現力の持主は少くない。

しかし、英語を外国語として世界共通語という立場で使うためには、それでよしとするわけにはいくまい。むしろ、インド人の英語、中国人の英語、日本人の英語、と、はっきり相手にわかる英語を駆使できることのほうが望ましいような気がするのだ。

しかし、どのように使おうと、相互理解の具として英語を世界に流通させることは、言語における帝国主義としか言いようがない。そこに精神上の宗主国《そうしゅこく》と植民地国の関係に共通するハンディキャップが生じるのは当然だろう。

ぼくたちは流行歌ひとつ聴いても、一瞬のうちにそこに流れる千年の歴史を無意識に通過するのだ。声明《しようみよう》、和讃《わさん》、御詠歌《ごえいか》、民謡、小唄《こうた》、端唄《はうた》の類《たぐい》、その他もろもろの曲想が血肉となってぼくたちの身体を通過するのである。

英語国の人間がポップスを聴くのも、同じことだろう。ことは英語力の問題にとどまらないのだ。母国語が世界の共通語である場合には、二つの世界のあいだで揺れ動く魂は存在しない。

## 英語とパソコンは特権階級へのパスポート?

ぼくは英語が苦手である。その原因は、ぼくの怠惰にあるが、その怠惰の背景には、なにか得体の知れない大きなものが隠されているように思う。それはいったいなんなのだろう。

社会の二極化が進むだろう、といわれている。中間層が激減し、ひと握りの富裕階級と、大部分の貧民階級に分かれるというのだ。所得の格差とか、資産の分化とかいうが、要するに上流と下層がはっきり区別されてくるということだろう。それは金の問題だけではない。権力も、文化も、すべてが偏在することになる。

メジャー・リーグとマイナー・リーグの格差は、想像を絶するものがあるらしい。そしてメジャーへ昇格するパスポートは、英語と情報技術だといわれる。つまり英語もしゃべれず、パソコンも使いこなせないような人間は、やがてふるい落とされて社会の下部に沈澱するしかない、という見かただ。

なんとなくそんな空気が世の中に広がって、英語学校や英会話スクールが大繁盛しているのだろう。パソコンの普及ぶりも、ますます加速しつつある。

若い世代だけではない。家庭の女性たちも、老人たちも、Ｅメールや商品購入にしだいに加わっていく傾向がある。

しかし、英語もインターネットも、要するに情報をどう処理するかという点にかかっているのだ。英会話とインターネットをものにすれば、特権階級へのパスポートが手に入ると考えるのは、あまりに子供じみた妄想《もうそう》だろう。

それよりも、きたるべき超格差社会が、どのような意味をもつのかを、あらためて考える必要があるのではないか。

格差社会は、きたるべき明日ではない。すでに十九世紀から現在にいたるまで、そうなのだ。ソ連と中国は、それを引っくり返そうとして結局は新たな格差社会をつくりだしてしまった。

## パソコン検索の不正確さ

英語を自由に使いこなせたらどんなにいいだろうと本心から思う。

外国を旅するにしても、おそらくいまの十倍も興味深い旅ができただろう。それがわかっていながら、初歩の会話の勉強すらしようとしないのは、自分の先が短いというだけのことではない。

心のどこかに英語がスタンダードになることへの抵抗があるのだ。第二次世界大戦のさなかに少年期をすごしたことと関係があるのだろうか。

英語教育を幼稚園からはじめるアジアの国々は少くない。インドはもちろんのこと、アジア諸国のどの国でも、知識人はほとんど英語を使いこなすのが常だ。しかし——、と、ふたたびそこで考える。

ちょっと調べてみたいことがあって、知り合いの編集者にパソコンで検索してもらうことにした。彼はけっこうパソコン歴の長いベテランであるにもかかわらず、めざす内容になかなかたどりつけない。

途中で余計な書きこみがわんさと出てきて、邪魔《じゃま》でしかたがないのである。いろいろ条件を示して検索してもらったが、出てきた情報に、それが正確であるという保証がとれないのだ。

その情報をそのまま鵜呑みにするわけにはいかない。結局、図書館に出かけて関連図書を何冊もめくり、ようやくめざす情報を手に入れることができた。

この場合だと、何という著者が、何年に、どういう出版社から出した、何という書名の本に、何ページ何行目に記載されている情報であると、クレジットをそえることができるのである。

パソコンから出てくる情報を、そのまま信じることができないとなれば、インターネットなど意味がなくなってしまう。

一例をあげると、ぼく個人についての経歴に、いくつも誤りがあるのだ。有名出版社から出されている定評のある百科事典には、〈五木寛之〉のくだりに、

「本名・松延寛之」

と記載されており、しばしばそのまちがいを指摘したにもかかわらず、現在でもそのまま電子辞書として市販されているのである。

これは正しくは「本名」ではなくて、「旧姓」とするべきだ。「本名・松延」となると、じゃあ「五木」というのはペンネームなのか、と誤解されかねない。

「五木」はれっきとした戸籍上の本名であって筆名ではない。

それだけにとどまらず、細部をとりあげて論ずると、ほかにもいろいろ不自然な部分が見えてくる。

「早大中退」

というくだりにしてもそうだ。ぼくは授業料の未納が続いた結果、どうにもならなくなって自ら進んで「抹籍届」を大学に出し、それを認められた。ぼくが六年生のころのことである。

本当は休学して働いて授業料を払う気だったのだが、それまでの未納分を払わないと休学する資格がないと言われて、泣く泣く抹籍のほうを選んだわけである。中退もだめだと言われた。要するに滞納している授業料を、その時点まで完納しないと、中退すら認められないというわけだ。

休学も、中退も認められないという大学当局の官僚的な言いかたに、カッとなったぼくは即座に「抹籍届」を書いて大学をあとにした。国立大学ならともかく、自由と独立をうたう私学の雄が、なんたることだと腹を立てたのだ。

それから何十年ものあいだ、ぼくはいつもそのことをエッセイや対談のなかで言い続けてきた。

「中退なんかじゃない。オレは抹籍だぞ」

と、本人はジョークのつもりで見得《みえ》を切り続けてきたのである。

ところが、物書き仲間のなかには、他人の書いたものや発言に目を通さない連中も少くないらしく、

「五木寛之は本当は中退でもないのに、中退と称していますよね。あれは経歴をゴマかしてるんじゃないですか」

などと座談会で得意気に言ったりする輩《やから》もいないではなかった。まるで抹籍を恥じて、中退と名乗っているような言い草である。

しかし、ぼくは誤解されることを趣味として楽しんでいる人間なので、それに言い訳がましい反論をしたことなど一度もない。しかし、実際にはイツキの抹籍話は、かなり世相では知れわたった話題である。むしろそれを売りものにしてると叱られたほうが、納得がいったかもしれない。

中退でも、卒業でもないということは、暮しの上では結構、面倒なことも少くなかった。ぼくのツレアイは文学部と医学部と二つも大学を卒業している。文学部のほうはぼくが卒論を書いたはずだ。

それにくらべて、ぼくは高校卒と書くしかない。国勢調査などの公文書であればなおさらだ。抹籍というのは、在学したことすら認められないということらしいのだ。

「えっ、イツキさんは大学の露文科にいたんじゃないんですか」

と、怪しまれるたびに、ぼくはくり返し中退と抹籍のちがいを説明させられる破目にな

ったのだ。龍谷大学に聴講生として審査を受ける際にも九州の高校の成績証明を出さなければならなかった。

さて、後年、ある席で早稲田大学の総長という人に会って、早大出身者の会に入ってくださいと言われた。ぼくは言下に断った。

「ぼくはあなたの大学とはなんの関係もない人間ですから」

すると、けげんそうな顔で、その理由をたずねられた。

そのときぼくがＯＢの会に加わることをそっけなく断ったのは、四十年以上も昔の記憶のせいだった。

「まあ、抹籍届を出すしかないんじゃないの」

と、大学の事務局の男が冷笑するような口調で言ったことを、忘れてはいなかったからである。

「休学はできないんでしょうか」

「だめだね。そのためにはいますぐこれまでの授業料の未納分を払ってもらわなくちゃ」

「中退にもしてもらえないんでしょうか」

「もちろん。きみね、中退というのはひとつの資格なんだよ。授業料を完納してはじめて中退できるんだから。両方ともだめ」

「そうですか。じゃあ、抹籍にしてください」

「だったらそっちから抹籍届を書いて出しなさい。受理してあげます」

そんな会話をかわしたことを、いまでもふと思いだすことがある。

抹籍になった以上、その学校とはなんの関係もないはずだ。ＯＢの会に入れてもらおうなんて、露ほども思わない。ぼくはそのことを総長の名刺をくれた紳士に言った。

「ほう、そういうことがあったんですか。じゃあ、まだ未納になってる分があるわけですね。いまだったら払えるんじゃないですか」

「うーん、払えるとは思いますけど」

そんな会話があって、しばらくしてその大学の事務局から手紙が届いた。未納分の金額と振り込み先の銀行が書かれてある。こんな金額だったのかと、呆《あき》れるほどの額である。そのまましばらく放っておいたのだが、なにか借金が残っているようで、気持が悪い。借りてる分だけでも払ってしまおうと、何万円かを送金した。すると、ぼくの復学と正式の中退を認める旨の連絡がきた。

ぼくはべつに中退という名誉ある資格がほしかったわけではない。物書きにとっては、抹籍のほうがよほど格好いいではないか。ヤクザの向う傷みたいなものである。

しかし、結局そこでまた相手とやりとりするのも面倒で、ぼくは大学を中退した男になった。じつに中途半端な感じである。

## 無意識のなかに潜む大事なもの

そんなわけで、ぼくが中退したのは何十年もたってからのことである。したがって、自分で経歴を書くときには、

〈抹籍、のち中退〉

と、わざわざ書くようにしているのだ。

だらだらと抹籍のいきさつを書いたのは、要するにインターネットを通じて知ることのできる情報というものが、じつはごく表面的なありきたりの上《うわ》っ面《つら》にすぎず、その背後の人間の内面のドラマや、事実の細部にかかわる部分はすべて脱落してしまっている干物のような形式的なものにすぎないということを言いたかったからだ。

しかも、そのなかには少からず不正確で、事実とちがう情報も含まれているのだ。

個人の経歴やプロフィールひとつを見てもそうだとすれば、他の分野もおして知るべしだろう。

本当のことは、人間とナマで接してこそ見えてくる。もちろん対面して何時間か話し合っても、人の内面まで理解できるわけではない。しかし、その人間の声や表情、そしてしぐさや身ぶりなどから、パソコン上ではうかがい知れなかった何かが伝わってくることはまちがいない。

英語というものもそうではあるまいか。ショッピングをしたり、飛行場でチェックインしたりするための道具として使う分には英語も大いに役に立つだろう。

しかし、自由に英語で語り合えるということが、相手を本当に理解することになるかどうかは疑問である。自分が英語を苦手とするので偏見をもっている面もあろうが、苦手とする人間にしか見えないこともまたあるのではないか。

英語をちゃんと使うためには、精神を英語文化の構造に変える必要があると思う。イエスとノー、ゴーとカムのひとつをとってみても、そこに大きな文化の型のちがいがあることに気づく。

そしてそれは、理解するだけでは超えることのできない認識と感性の相違をも含んでいるはずだ。

「オー・マイ・ゴッド!」

という表現の裏側にどんな感覚がひそんでいるかを、ぼくは理解できない。その言葉を使っている当人が、まったく無意識にそう叫んだとしても、その無意識にこそ大事なものが隠されているのではないか。

ぼくは戦前の植民地で育ち、中途半端な共通語のなかで育ってきた。東北からも北陸からも、広島からも熊本からも、いろんな出身者がやってきて、それらの混然一体となった奇妙な植民地式日本語である。

植民地共通語は、いわゆる内地の標準語と構文は似ていても、じつは似ても似つかないピジョン・ジャパニーズであったと思う。

そのなかには、朝鮮語、中国語、ときにはロシア語も混じっていて、子供のころからそれに親しんできたぼくたち少年には、ぜんぶ日本語のつもりで用いられていたのである。

たとえば、

「チョンガー」

とか、

「アボジー」

とか、

「トラジ」

とか、

「パカチ」

などの言葉は、ふだんの会話のなかで日本語のつもりで用いていた言葉である。

戦後、九州の田舎へ引揚げてくると、まず差別の対象となったのが言葉だった。九州の筑後《ちくご》地方の方言は、当時はまだ十分に健在で、学校の先生も、子供たちも立派な方言をしゃべっていたのだ。

そんなムラ社会に、奇妙な言葉を話す少年が、貧しい引揚げ者の子弟として入ってくるわけだから、いじめっ子たちにとっては格好の獲物である。
アメリカで育った林達夫さんが、子供のころ北陸に帰国して、富山弁ができないために
どれほどいじめられたか、それをはねのけて方言をマスターするために、どれほど必死の
努力をしたか、を、うかがったことがあった。
「きみ、それはいきなりラテン語を学ぶよりむずかしかったと思うね」
と、言っておられたことを思いだす。
ぼくもまた九州の筑後弁を身につけるために、血のにじむような努力をしなければなら
なかった。なによりもそれは、自分の物心ついて以来の人格と常識のスタイルをすべて捨
てさり、新しい文化に順応することだったのである。
それは、いわば形成された自己を全否定することでもあった。くわえて後天的に学習し
た方言は、しょせんはイミテーションにすぎない。
方言もどきの言葉を、どれほど嘲笑《ちようしよう》され、馬鹿にされたことだろう。日本のムラには、
もともとそのような異質なものを本能的に蔑視《べつし》し、排除しようとする習性があるような気
がする。
まず相手を信用することからはじめ、それを裏切ったときは死をもってむくいるという
遊牧・移動民との文化の相違である。

## 砂漠の人びとのマナーと人生観

一昨日、宇都宮で年に六回催しているステージのパフォーマンスを行った。これまで〈論楽会〉というタイトルでやっていたライブである。

第二部のゲストに、甲斐大策《かいだいさく》さんを招いて話をうかがった。甲斐さんはぼくの尊敬するユニークなアーチストで、画家としてはもちろん、小説、評論、エッセイなど文芸の分野でも優れた作品をいくつも書いている表現者だ。

甲斐さんが以前、NHKの『ETV8』に出演して話していた放牧民・モスリムの人びとの生きかたと思想が、じつに興味深かったので、当日もその話をうかがうことにした。

ネパールから帰国したばかりの甲斐さんは、相変らず異色の日本人であった。ぼくと同じ九州だが、宗像郡《むなかたぐん》という自由な海人《あま》の故地に前進キャンプをおいて、アフガニスタンを中心に西域、最近では東アジアを自分の庭のように回遊しながら生きている漂泊族のひとりである。イスラム教徒であることも異色の日本人だろう。

その甲斐さんに、兄弟のようにつき合ってきている砂漠の人びとのマナーと人生観について話してもらったのだが、イスラム教徒であり移動の民である彼らの信仰と思想には、親鸞にはじまる真宗の根本思想と非常に共通したものがあり、そこに強く興味をおぼえたのだ。

彼らイスラムの人びとは、まず、

「信より入る」

と、いう点に特徴があるという。信仰については、まず何よりもアッラーの神への絶対的な信仰、帰依《きえ》が第一で、祈りや戒律が先に立つわけではない、という。

ぼくたちがイスラム教徒になろうとすれば、いまこの場所においても、それが可能であるらしい。アッラーの神を信じ、それに帰依すると自分で心に誓えば、きょうからでもぼくは一人のモスリム（イスラム信徒）の仲間入りができるのだ。

もちろん、名前をもらったり、祈りの儀式を教わったり、聖典を学んだりすることも大事であるが、それが第一の資格ではないところに独特のものがある。まず信よりはじまる、という点において、親鸞の根本思想とぴたりと重なるところがあるのではないか。

真宗ももちろん念仏の宗教だが、それに先立つ信、阿弥陀仏を唯一仏として選択し、それに帰依することがなによりも大事と真宗では教えている。

この「信より入る」というイスラムの思想は、遊牧民・移動民たちの生活のスタイルでもあるらしい。

## 宗教にのしかかる政治と経済の圧力

ぼくもかつてイランの各地で、道ばたに茶を飲んで休んでいる人たちから、

「チャイを一杯どうですか、旅の人よ」

と、呼びかけられたものだ。最初は商売かと思ったのだが、ガイドに聞くとそうではないという。

見知らぬ者同士が、旧知のように親しみをこめて声をかけ合う、それが彼らの生活のスタイルだというのだ。まず異邦人に会えば、相手を兄弟のように信じることから近づいてゆく。そして相手がそれに信をもって応じてくれれば百年の友となるが、もし、その信を裏切るようなことがあれば、どんな相手でも許さない。命をうばわれることだってありうる。

日本のムラはその反対だ。異邦人や、見知らぬ者や、他村の人間に対しては、まず徹底的に疑いの目をもって接し、警戒し、とりあえず異質なものを排除しようと本能的に身構えるのだ。同じ村内でさえも、住んでいる集落がちがう子供たちには、石を投げたりするのが普通だった。いまでもその気風は、この国のムラや町に根強く残っているような気がする。

「まず信が第一」、という原理に続いて、神と人間との関係は一対一の関係である、という原理もイスラムと親鸞思想の共通点のひとつだ。

絶対の神、アッラーを信じるも信じないも、その人個人の考えである。したがって人は一対一で神と向い合う。

この信仰の論理は、親鸞が阿弥陀仏は自分ひとりのためにおわします、と言い切った信仰と重なる。父母のために念仏申したることなし、と言い切る親鸞は、どこまでも一対一で仏と向き合う信仰を主張した。

個の内面の問題である以上、アッラーの神を信じようが、キリスト教徒であろうが、ユダヤの神を信じようが、ブディストであろうが、関係はない。自分は自分、他人は他人である。したがって、イスラムの信仰の本来のありかたからすれば、どんな宗教とでも共生することができることになる。そこが歪《ゆが》んでくるのは、現実社会の政治とか、経済がのしかかってくるからだろう。

しかし、基本は個人の内面、一人ひとりの信仰が土台であるという考えかたは、とても大事なことのように思う。

まず第一に「信」ということ。聖典も儀式も大事ではあるが、なによりも重要なのは唯一の存在に帰依することであるという考えかたは、イスラムのみならず、ユダヤ教でも、キリスト教でも共通のものだろう。

さらに絶対者と自己の関係を、一対一の個の関係とするところは、親鸞の絶対他力の信仰の原点と言ってもよい。

イスラムでは、一般に偶像を拝むことをさける。真宗でも、

「木像より絵像、絵像より名号」

といって、本尊は「南無阿弥陀仏」の文字ないしは十字の名号をもってする。信徒が頭をたれるのは、その文字に対してであって、華やかな装飾も、尊像も、本来は必要としないのだ。

イスラム教も、装飾は幾何学的な模様を用い、擬人化された神の姿や、現実を模写したデザインをさける。歌舞音曲《かぶおんぎょく》についても、どちらもストイックな姿勢をとる。異端とされるアレヴィー派の人びとは、偶像を拝み、男女が一堂に会して歌い踊るために正統イスラムから批判されてきたのである。

こうして見てくると、真宗とイスラムの重なり合う部分が少くないことに驚かないわけにはいかない。すでにそのことは学者や研究家によって指摘されていることだとは思うが。

そういう時代に、英語とＰＣ文明の一極支配が、はたして可能なのだろうか。

書店をのぞくと、速成英語の入門書だけで、ひとコーナーを占めている光景が見られる。惹《ひ》き文句だけを読んでいると、いいことばかりが麗々しく書かれている。まるでその本を一冊パラパラと走り読みすれば、英語がものになりそうな感じだ。

誰もが努力しないで英語をマスターできればなあ、と、心の中で思っているのだろう。しかし、単純な旅行用会話とショッピング英語ぐらいならともかく、英語をマスターするということは、決して楽な仕事ではない。何千年という文化や感性のギャップを、一代で乗り越えようというのだから、人が一生をかけてもできるかどうか危ぶまれるくらいのものだろう。

頭の中に何かチップのようなものでも差しこめれば、どんなにか楽だろう。英語、フランス語、ロシア語、アラビア語、中国語と、ワンセットをポケットに用意しておいて、そのつど入れ替えるのだ。

しかし、頭の中身までドイツ人や、アメリカ人に変ってしまうのでは困る。日本人でありつつ、道具としての英語やドイツ語を自在に使いこなせることが望ましい。とはいうものの、はたして「道具としての英語」というものが、成立するのだろうか。和魂洋才というスローガンに、根本的に無理があったことをぼくたちは知っている。

ひとつの言語は、才のみならず、その根もとに深い「魂」を孕《はら》んでいるのだからである。「才」は「才」のみにあらず、「魂」と「才」とは一体であるはずだ。神への信仰を抜きにしてキリスト教のライフスタイルをまねたり、教会に通ったりしたところで、それがなんになるのだろうか。

市場経済というシステムにも、「魂」があることをぼくはくり返し書いてきた。「見えざる神の御手」への信頼なしに市場や自由経済は成立しないのだから。

英語という言語の背後には、「はじめに言葉ありき。言葉は神であった」という魂がひそんでいるのは当然だ。

それはインターネットにしてもそうである。

この世を天使と悪魔に二分する思想なくしてコンピューターは成立しない。パソコンの根元には、キリスト教的一神教の世界観が確固として存在しているのではあるまいか。と、ここまで考えてきて、「考えすぎては一歩も歩けないぞ」という声が、どこからか聞こえてくるのを感じて苦笑した。

# 身近な生死を考える

●2000.6.6〜

## 二元論的な対立

人の「生死《しょうじ》」という。また、「死生観《しせいかん》」などという言葉もある。「生」が先にくるのは自然な感じで、英語的表現だと「生」が先にくるような気がするが、ともあれ両者を続けて一体のものとしては表現しないのではあるまいか。むしろ「生」と「死」は対立するものとしてとらえるのがヨーロッパの思考のような気がする。

ためしに「生死」を和英辞典で引いてみると、【生死】life and death、またはlife or death、と出ている。

「生と死」、あるいは「生か死か」というわけだ。両者は黒と白、または天と地のように対立するものとして受けとめられているらしい。

「昼」と「夜」

「神」と「悪魔」

「善」と「悪」
「光」と「影」

どれも相反し、対立、抗争するものであって、一方は克服し、打ち破るべき対象である。キリスト教文化に培《つちか》われた二元論的思考といっていいだろう。その両者の対立、抗争のなかから本当のすばらしいものが輝きでるという考えかたである。

一例をあげると、脳死の問題もそうだ。脳の機能、すなわち意識が完全に失われた人間は、「死」に属するのか、それとも「生」に属するのか。ぼくの感覚から言えば、いわゆる脳死状態は、死んでいると同時に生きている状態である。いわば「生死」が混然とからまり合った状態で、明確に死んでいるとも、生きているとも言えないのだ。

しかし、それではだめ、というのが二元論的感性だろう。どちらともつかぬ状態を、そのまま受け入れることはしない。「生」か「死」か、脳死は「死」の側に分類されることになる。life or death、どちらかに決めよ、と迫る思想だ。

『歎異抄《たんにしょう》』で親鸞は、善人と悪人の明確な区別など意味がない、と言う。

かつてベストセラーとなった『平気でうそをつく人たち』という本を、ぼくは興味深く読んだことがあった。その本の思想を私流に解読すると、こんなふうになる。

世の中には善良な人びとと、邪悪な魂の持主とがいる。そして邪悪な人びとに接すると、善良な人びとは大きな災厄《さいやく》をこうむる。しかし、邪悪な人びとはひと目でそれとわかるような姿では存在しない。むしろ、善人たちのあいだにまじって、あたかも善良な魂の持主のような顔をして存在している。

　では、どうすればそのような連中とかかわり合わずに生きられるか。

要するに、ぼくたちの隣に正体を隠して暮している邪悪な魂の持主を見破ればよいのだ。そして、それらを遠ざけ、悪を追放すればよい。

　しかし連中は一見、善良そうな仮面をかぶり、そしらぬ顔でぼくたちの周囲に存在している。では、どうすれば彼らの正体を見抜くことができるのか。それができさえすれば、ぼくたちは悪に染まらずに、善き人生を送れるだろう。

　およそそんな考えかたがモチーフになっている本だとぼくは感じた。もちろん、人によってはちがった読みかたをすることもあろうし、著者としても自分はそんなつもりで書いたのではない、と抗議するかもしれない。

　しかし、ぼくはその本全体から、そのような善人と悪人を、or または and でつなぐヨーロッパの正統的思考を感ぜずにはいられなかった。

「生死」「死生」に対する「life and death」「life or death」も、そうである。

　死んで魂が神に召されれば、あとに残ったものは、バディーにすぎない。要するにそれは「モノ」である。遺体を修復し、美しく復元する技術はアメリカではプロの仕事だ。しかし、それは遺体を大事に思う畏敬《いけい》の念から発する儀礼ではなく、生者たちへの配慮から行われる加工だろう。

## 不可解な犯罪のもつ意味

話は変るが、この数年来、形而上的犯罪とよんでいいような、奇妙な犯罪が目立つようになった。金銭がらみ、怨恨《えんこん》がらみの犯罪というより、加害者の内面のねじれから発する兇行《きょうこう》である。

それを精神病理的犯罪と見る向きも多い。精神病理学者が新聞などのコメンテイターとして起用されることが多いのも、そういう思わくからだろうと思う。

しかし、こういった事件が目立ちはじめたのは、社会の側の意識の変化にも遠因があるのかもしれない。以前だったら、無理にこじつけてでも現実的な犯行の動機を押しつけたであろう事件が、あらたな目で見られるようになってきたからである。

少年の不可解な犯罪に対して、世の中の見る目が変ってきたのは、たぶん神戸のA少年の事件からではあるまいか。

金銭と怨恨がからまない兇行が、あの事件でくっきりと露呈してきたからだ。ある意味で、それは純粋犯罪といっていい類《たぐい》の事件だった。

以前ならば犯行は二つに区分けして社会は納得することができた。現実的な要因による犯罪と、精神病理学に属する非現実的な犯罪の二種である。

しかし、このところ続発している少年の犯行にしても、その責任能力をめぐってさまざまな意見が飛びかい、裁く側にも明確な判断基準が見当らないで困惑しているようすがうかがわれる。

## 人間のもつ「自己確認の衝動」

「自己の存在を証明する」というと、なんとなくおおげさに聞こえるが、要は人間の根元的な衝動のひとつと考えたらいいだろう。それは本能とよんでもさしつかえない、人間が誰しも体の奥に抱き続けている自然の欲望である。

「自己の存在」を証明する、または、確認しようとすることは、生きた人間の自然な衝動である。すべての人間が、その衝動につき動かされて行動する。

自分にはそんな高尚な衝動などないよ、と笑う人もいるだろう。しかし、自己の存在証明、存在確認のあらわれは、生活のどこにでも見られる行動だ。

たとえばキャリアを積むということ。セックスをするということ。地位や権力を求めること。マイホームを取得することも、資産を築くことも、立派な自己存在証明の行為である。レイプは他者を強制することで自己の優位を確認する行動だ。大臣になることも、国会議員になることも同じである。社会的な名声や地位もそうだ。

巨大な墳墓を築くことも、文化遺産を残すことも、著作や芸術作品を後世に残すことも同じだろう。

十代の二人の少年は、「透明な自分」といい、「空気のような自己」と書いた。どちらも自己の存在の希薄さ、不確かさ、あいまいさに不安と恐怖をおぼえ、苛立ち、追いつめられていく人間の姿を反映している。

この世に何者でもない自分、というのが根底にある恐怖だ。子だくさんの貧しい男が必死で働くとき、彼は自己を頼られる存在として必要不可欠なものとして感じているのである。それもまた満たされた自己確認の行為だろう。

ことほどさように、自己の存在証明、もしくは自己確認の衝動は、すべての人間のものである。

ぼくたちも、中国の皇帝も、アフガニスタンのイスラム教徒も、英国の紳士も、イヌイットのおっさんも、人はみなその衝動につき動かされて生きている。

農民が種をまき、麦ふみをし、稲が実るのを見るのもそうだ。セックスは相手の鏡に自己を映して確認する衝動をはらんでいる。

子供を産む、もしくは子供をもつ、ということもそうだ。七五三の晴れ着を着た子供をデジタル・ビデオで写しまくる父親は、自分がこの世に何者かとして存在している証明をビデオに残そうとするのである。

食うことに追われて生きかたのことなんか考えるひまもなかったよ、と笑う人がいる。

そんな自己の存在の確認だの証明だのって面倒な考えかたは、ぜんぜん思い浮かべもしなかったね、と。

しかし、空腹に鳴る胃袋にコッペパンを送りこむのも、ひとつの自己確認の作業だ。自殺を試み、何度も手首を切る少女は、流れだす赤い血に自分の存在を確認するだろう。バイクをつらねて夜の街を疾走することもそうだ。信号という社会の規制を越える自分。市民たちの不安と敵視の目によって、自己の存在を意識する瞬間。

そのかなり先のほうに、犯罪があり、いじめがあり、殺人がある。そこに跳び越える裂け目はあっても、ひとつながりの世界であることは明らかだ。

ボランティアという行動もそうだ。他者に頼られ、人びとをはげまし、感謝の視線を受けることは、己《おのれ》の存在をひときわ強く意識させる。罵倒《ばとう》されることと感謝されることの境目は、紙一重だろう。

## こころ萎えるとき

不安とは、空間のなかで定点が見つからない恐怖である、と、パスカルはどこかで書いていた。自分が何者であるか、というさけることのできない問いを、ぼくたちは意識しないで生きてきた。それが敗戦後の世界だったように思う。食うこと、家族を食わせること、必死で働くこと、生き抜くこと、そんななかで根元的な疑問は、疑問として意識することなく日々の暮しのなかで実現されてきたのだ。

組合活動などというのも、そのひとつだっただろう。いま、神とか、宗教とかが問題になるのは、自己の存在をどのようにくっきり確認するかが大きくクローズアップされつつあるからではあるまいか。

ぼくは子供のころから、しばしば奇妙なうつ状態におちいることがあった。青年のころもそうだったし、年をとってからはますますそれがひどくなってきた。

気持がブルーになる。家族や親友までもが、うとましく感じられる。自分が将来の夢として心に抱いていた計画なども、とるにたらない、つまらないもののように思われてくる。最後には、自分の存在そのものが無意味で、なんの価値もないと感じられたりする。

そういう状態を、なんと言えばいいのか。うつ病とよぶほど深刻なものではない。しかし、本人にしてみれば相当につらい事態であることはたしかである。そんな日々が長く続けば、自分ひとりの問題ではなくなってくるはずだ。家族や、友人や、仕事の仲間などにもよくない影響をあたえることになりかねない。無気力や倦怠感《けんたいかん》が生じ、何ごともやる気がおきない。ひいては健康にも、生活にも、さまざまな歪みがあらわれてくるだろう。

ぼくの場合は、そういった厄介《やっかい》な気分が、一週間から十日、ときには何か月も続くこともあった。時間が経《た》てば自然にもとにもどることはわかっている。しかし、その最中は、どんなにじたばたしたところで効果がない。そして十年に一度くらい、大型台風級のおちこみが訪れてくる。

ぼくが新人作家としてデビューして、七、八年たったころにやってきたうつ状態は、これも相当に手強《てごわ》いものだった。

時間に追われ、眠ることさえままならぬマスコミの仕事に疲れたこともあるだろう。また、若くして突然、弟がガンで死んだことも背景にあったのかもしれない。しかし、そういった直接のわかりやすい原因だけではなく、もっと深いところに、何かがありそうだった。

人は生きていること自体に疲れるものである。この世に生まれ、そして世の中に生きてゆくということは、じつはそれだけでも大変なエネルギーを必要とすることなのだ。

また、人はふと立ちどまって考える瞬間がある。頭で考えなくても、体で感じるときがある。生きている自分は、いったいどこへ向って歩いているのか、と。

すべての人間は、永遠に生き続けることはできない。あたえられた時間は限られている。人の向う先は、死。それを拒むことは誰にもできない。ぼくたちが一日生きたということは、あたえられた持ち時間が、一日短くなったということだ。どんなに前向きに考えたとしても、事実は事実である。ぼくたちは日々の暮しのなかで、ふっと一瞬、それを感じるのだ。頭で理解しなくても、体がそれを感じて、かすかにおののく。

「こころ萎《な》えるとき」というのは、そういう瞬間のことだろう。

1972年。プラハにて／撮影＝飯窪敏彦

1974年。筑豊にて／撮影＝野上透

# ちらっとニューヨーク

●2001.5.2〜

## 中産階級が消滅する

ちらっとニューヨークの一面をのぞく。

中野重治流にいえば、「その側面の一面」を一瞬かいま見るだけだ。

ニューヨークから最近、帰ってきた連中の話では、かの地ではまだバブル気分が続いているらしい。

ダニエルとかいう料理屋で昼飯を食べたのだそうだ。ランチなら予約がとりやすいのと、料金がリーズナブル、要するに安いからだろう。入り口の、いちばんどうでもいい席に坐らせられたらしいが、真ん中のテーブルに陣どったエリート・ビジネスマンふうの御一行の盛り上がりかたが半端じゃなかったらしい。

まっ昼間からワインを値段の高いほうから片っぱしに空ける。大声を上げて騒ぎまくるわ、シガーはふかすわ、店を貸し切りにでもしたようなランチキぶり。

ついに他の客から抗議されて、憤然と出ていったそうだが、ニューヨークはまだバブルの残影消えやらずなんでしょうかねえ。

ひょっとすると、一場の夢去るを予感したバブル虫どもの、やけっぱちの大騒ぎかもしれない。

「有名なレストランは、ぜんぜん予約がとれないんですよ」

と、そのニューヨークからの引揚者は呆《あき》れていた。そういえば不景気のきわみのTOKYOでも、三か月待ちのレストランがあるという話も聞いた。

要するに、なんですね、デフレとか不景気とかいうのは、中産階級が消滅するってことなんでしょうな。ひとにぎりのべらぼうに金回りのいい連中と、大多数のビンボー人。この二つの世界にはっきり分かれるのが、二十一世紀であるらしい。

男性向けのマガジンには、ニューヨークのスノッブなニュースが毎月載っている。新しいデザイナーズ・ホテルとやらも、続々誕生しているとのこと。

外国で背広を仕立てたり、靴や車をオーダーしたりする趣味はこちらにはないので、一介のお上りさんとして二〇〇一年のニューヨークの横顔の端っこでも、ちらっとのぞいてこようという魂胆《こんたん》である。

連休とあって、ニューヨーク経由サンパウロ行きJAL84便は、ファーストクラスまで超満員。ニューヨークで降りそこねるとブラジルまで運ばれることになる。十二時間三十分の飛行時間の、せめて半分でも眠っていきたいと、葛根湯《かっこんとう》を飲んで目を閉じた。

## ヨーロッパ的な都市・ニューヨーク

ＪＦＫ空港へ迎えに来てくれていた車で、セントラル・パーク近くのホテルへ。

途中、白い桜のような花が、ばかに綺麗《きれい》なので名前をきくと、シベリアなんとかという花だそうだ。アーモンドも咲いている。ニューヨークはアメリカの近代都市というより、どこかヨーロッパの都会のような古風さが感じられるところが好きだ。

高速道路のかなたに夕陽が沈んでゆく。日本を夕方に出て、その日の夕方に着くというのが、なんだか不思議な気がする。

めずらしく早朝に目がさめた。ニューヨークはいい天気である。朝夕はやはり少し薄寒いから、コートをもってきたのは正解だった。

午前十時半にホテルの軽食堂で、通訳をつとめてくれるグレースさんと打ち合わせ。

午後、地元の邦人向けのケーブルＴＶの撮影。全米でほとんどの日本人が見ている番組だと聞いた。

夕方の空き時間を利用して、ホテルの近くのパーグドルフ・グッドマンという大きな店でコットンの夏用セーターを買う。アメリカの店で感心させられるのは、ＳからＬＬまで、つねにすべてのサイズの在庫がそろっていることだ。それと品数がべらぼうに多い。シャツでもネクタイでも、呆れるぐらいに豊富にそろっている。

このグッドマンという店もそうだ。二階のスーツ売場にいくと、キトンをはじめとしてミラノ系の仕立ての店が何軒も並んでいる。

靴売場でうろうろしていると、若い店員がこちらの靴をすばやく見て、

「こんどシルバーノ・ラッタンツィのオーナーがうちを訪ねてやってくるんですよ」

と、声をかけてきた。そういえば棚にずらりと並んでいる靴は、ジンターラふうのものが多い。イタリアの小さな工房で上等な靴だけをコツコツつくっていればよいものを、世界各地に売りさばこうとするから普通の靴屋になってしまうのだ。

本日の買物は、コットンの夏用のタートル・セーター、税こみで一九〇ドル也。

夜、歩いてミロスというギリシャ料理の店へ行く。サービスよし、魚の鮮度よし、料金も手ごろと、とてもいい印象をうけた。

夜のニューヨークを若い女性が平気で歩けるようになったのは結構なことである。その代償はなんなのか、知りたい気がしてきた。

四月の月末から五月にかけてのニューヨークは、よほど寒いにちがいない。そう予想してコートも持ってきたのだが、意外や馬鹿陽気の日が続いた。

さすがに夜になると肌寒さは感じられる。だが昼間、街を歩く観光客たちの大半は半袖《はんそで》シャツの格好だ。こんなに暑いのはめずらしいと地元の人たちも呆れているらしい。

ホテルの部屋のエアコンは、床置式のアンティークものである。それがゴーゴーと大きな音を立てて冷気を吐きだす。どうすればエアコンを切れるのかわからずに、悪戦苦闘の結果、ようやく冷凍地獄から脱出できた。

ホテルのティーラウンジは、天井が高く、すこぶる典雅な造りだ。夜になると暗い中にピアノの音も流れてきて、優雅にカクテルか何か傾けているカップルが目立つ。

このラウンジも、また冷凍庫みたいにエアコンをきかせてあって、ぼくは震えっぱなしだった。そんな室内で、金髪美女たちはスリーヴレスの肌を惜しげもなく露出して、ぜんぜん寒さを感じていない様子。連中はいったいどうなってるんだろうと、ただ唖然《あぜん》とするのみである。

## 美しさをこわす高層ビル群

ニューヨークのビルが少し変ったな、と思った。以前は、夜景だけでなく、昼間見てもマンハッタンの高層ビル群は壮観だった。古い建物と新しいビルとが奇妙に調和して、都市美とはこういうものかと感嘆させられたものだ。

それが今回、二〇〇一年の正直な感想では、昔ほど美しくないと感じるのである。なんだかあちこちに新しいビルがニョキニョキ生えてきて、それがどれも同じようなプレハブビルに見えるのだ。造型よりも効率を大事にして、安く手間をかけずに建てた感じのビルが増殖している。

なんだ、こりゃ、と眉《まゆ》をひそめさせるような高層ビルが、あちこちに出現して、ニューヨークの美しさをぶちこわしていると思った。

ドイツ車のインテリアや計器回りが、いつのころからか日本車の安っぽいデザインをまねた感じになって、うんざりさせられた時代があったことを思いだした。

安く、早く、簡単に、と考えてビルを建てれば、どこの国でも同じようなビルができるのは当然だ。

いずれニューヨークも、新宿新都心のような街になるのだろうか。中身はどうなのか知らないが、ひと言でいってゴージャス感が失われつつあるのだ。街を走る車にしてもそうだ。どうもつまらない。

ホテルのすぐ近くのメンズのデパートをのぞいて靴下を買う。デパートといっても、モードだけのビルだ。

セーター売場の前を通ったら、初老の店員がニコッと笑って、何か言う。どうやら、先日買ったコットンのセーターはどうだった？　と聞いているらしい。一昨日、そこで買ったのをどこかで見ていたのだろう。

そもそも東京や横浜のこういう店の店員諸氏は、一般に若い人が多い。客をつかまえて、

「このマロというブランドはですね」

などと人に教えようとしたりするので閉口する。その点、こんな身だしなみのいい初老の紳士が売場にいると、ちょっと相手の意見も聞いてみようかな、という気にもなるのだ。

エスカレーターで二階へ上ろうとすると、一昨日セーターを買った店員とすれちがった。この男も微笑をうかべて、何か言う。どうやら、「この店のあのセーターのSサイズはあんたが買っていったのが最後の品だったんですよ」とか、そんなことを言っているらしい。よく客の顔を覚えているもんだ、と、あらためて感心する。

二階の奥にはスーツの仕立ての店が何軒か並んでいる。サルトリア・アットリーニの店の前でジャケットを眺めていたら、奥の机から絵に描いたような中年の伊達男《だておとこ》が立ち上がってやってきて、

「おとといもこの服、見てたね。気に入りましたか」

と言った。べつに仕立てをすすめるわけでもなく、襟《えり》の芯地を見せたり、カットの特徴を説明したり、要するに服好きの客にアットリーニの自慢話をしているようなおしゃべりをし出した。あげくのはてに、ぼくのブレザーをちらと見て、

「ラバツォイオの服も悪くはないけどね」

と笑顔で言った。

こういう店の店員というのは、本当のプロなんだな、と納得する。こういうところはさすがニューヨークだ。

## くたびれてきたアメリカ

話は飛ぶが、皆と一緒に昼飯を食ったイタリアン・レストランの肉料理のヴォリューム は、想像を絶していた。おそらく五人でシェアしてもちょうどいいくらいの分量である。スリムな若い女性らがこれを一人で平らげることを考えると、ため息が出てくる。世界の食糧問題など、アメリカ人が食い物の量を三分の一にすれば解決するんじゃないか。食うだけ食ってジョギングするなんて無意味だ。セントラル・パーク周辺では、まだやたらと走っている連中を見かけるけど。

以前、サンクト・ペテルブルグを訪れたときのこと。

ちょうど四月下旬で、雪どけで道はぬかるむわ、風は冷たいわ、街に緑はないわで、荒涼たる気分だった。

「ひどい季節だね。四月末のロシアはもっと春めいて緑も美しいかと思ってたのに」

と、ガイド役のヴィクトルさんにこぼすと、彼はいたずらっぽく笑いながら、

「あと数日ですよ。五月一日には街路樹も、公園の樹々もいっせいに芽ぶきますから」

「ふーん」

「だって、五月一日はメーデーでしょ。芽、デール、芽、デール」

ロシア人も駄洒落《だじやれ》を言うんだな、とおかしくなって笑ってしまったことをおぼえている。

五月一日のニューヨークは、ほんとに新緑がきれいだ。白い花があちこちに咲いている。例のクラブ・アップルらしい。

〽　りんごの花ほころび
　　川面にかすみたち

などと古い歌が出てきそうだ。ピンクの八重桜も咲き残っている。レンギョウも咲いている。ぼけ、花みずき、こぶし、など白い花はなんでもマグノリアってよんでるみたいですよ、と、ニューヨーク在住のO氏は言っていた。

こんど感じたのは、ニューヨークの新しく建てられたビルがちゃちに見えるということと、もうひとつ、歩きかたが少しゆっくりになったな、ということだった。

昔のニューヨークっ子の歩きかたは、やたらとスピードがあったものだ。二点間の最短距離を最少時間で結ぶ、という感じだったのに、今度来てみると、かなりペースが落ちている。なんだかのんびり歩いている連中が多い。ツバメがスズメになったくらいのちがいを感じた。

小説家の直感だから、もちろん論証はできない。しかし、直感のほうを大事にするのがぼくの立場だ。それから言うと、アメリカもだいぶくたびれてきたな、という感じがした。

すべての社会は幼年、少年、青年とすすみ、壮年をむかえて黄金期に入り、やがて初老、そして成熟した老年への道をたどる。永遠の青春などこの世にない。アメリカは初老期をむかえつつある、というのがぼくの見かただ。おとろえた体力のかわりに、金や地位にものを言わせる時期である。しかし、その自覚はアメリカにはないらしい。

## 当然のサービス

アメリカはおもしろい国だ。変なところも多いが、びっくりするような新鮮な出来事もある。

こんどニューヨークで出会ったショックのひとつが、新聞の広告料のことである。日本でふつうの新聞に大きな出版広告を出すとする。単行本、雑誌、いずれにせよ最近は全五段の広告が出せればゴージャスなほうだろう。近ごろは本を出しても、なかなか全五段の広告を単独で出してもらうことは難しい時代である。

いま、朝日、読売、毎日、産経、などの全国紙に全五段の新刊広告を出せるのは、婦人誌、週刊誌、活気のある直販誌、そのほかはごくわずかなものではあるまいか。

ぼくがデビューしたころ、一九六〇年代はこうではなかった。自分の話で恐縮だが、『海を見ていたジョニー』という小説が載った号の講談社の『小説現代』は、全国紙に一ページの全面広告が出たものだ。横浜の外人バーで働きながらトランペットを勉強する少年と、ベトナムから休暇でやってきているアメリカ兵士の話だったから、敏腕で鳴らしたM編集長は、これはきっと強力な売りものになると判断して強気の広告を出したのだろう。

あとで、当時、超大物作家だった舟橋聖一氏から、なんで駆け出しの青二才の新人にあんなに大きくスペースをとって、自分のようなベテランを粗末に扱ったのかと、火の出るようなお叱りを受けたと聞いた。

「いやぁ、こてんぱんにやられちゃってね」

と、Mさんが笑いながら首をすくめるのを見て、こちらもなんとなく申し訳ないような気分になったものだった。

それから三十五年、いまは小説雑誌が全面広告を出す時代ではない。目立つのはシドニー・シェルダンとか、記念出版の広告ぐらいなものだ。

話がニューヨークにもどって、新聞の広告料のことでおもしろい話を聞いた。ふつう新聞広告は、日本では新参者に冷たい。冷たいというより、料金面で常連の大広告主と相当の差別を受ける。年がら年中、定期的に大きな広告を出してくれる社は、大事なお得意さんだから広告料金が割り安になる。つまり相当の料金サービスを受けるのが常識だ。

だから、まったくはじめて全国紙に五段広告を出すとなると、これはなかなか大変である。つまりこの国では、ジャーナリズムも新規参入者、未知のチャレンジャーに対して冷たいのだ。

同じ大きさの新聞広告でも、実際に払う側の立場で金額がちがう。古い常連の顧客は安く、しかもよい場所がとれる。反対にはじめての広告主やイチゲンさんは規定どおりの料金を支払わされる。

これはわが国の商慣習からすれば、ごく当り前のことだ。常連のお客さんにサービスするのは当然である、と、誰もが思っている。

しかし、本当にそれは当然のことなのだろうか。

## 「新来」を歓迎する姿勢

日本では古代から既得権というものが特別に重きをなしてきた。近畿地方へ行くと、ときどき荒木という姓の多い土地を見ることがある。地名にもある。昔、ご一緒に古墳散歩をした考古学者の網干善教《あぼしよしのり》先生の話によると、古代日本列島にやってきた人たちのあいだにもいろいろ区別（差別？）があって、うんと早く日本に定住したグループは、後の時代にやってきた人たちを自分たちと区別して「新来」とよんだりしたのだそうだ。それが時間とともにアラキと変る。新しくやってきた連中、つまり新参者というニュアンスだろうか。ニュー・カマーという言葉もあったはずだ。

古年兵が威張《いば》る、というのも旧軍の慣習だった。そもそも軍隊や体育会系の組織では古参者が権力をふるう。そういえば軍人勅諭《ぐんじんちよくゆ》にも、

「同列同級トテモ（中略）新任ノ者ハ旧任ノ者ニ服従スベキモノゾ」とかいう文句があったのを思い出した。

ぼくはベテランが幅をきかすことに腹を立てているわけではない。ニュー・カマーに対してキツく当たる風潮に釈然《しゃくぜん》としないものを感じるだけだ。日本という国では、先にやってきた側が、あとから参入しようとする新来者を排除しようとしたり、必要以上のハンデを課したりする。そこが嫌いなのである。

ところでニューヨーク・タイムズに一ページの広告を出そうと申しこんだら、

「おたくはこのページにこのような広告を出すのははじめてか」

と、聞かれたそうである。もしかして、ふつうより高い値段を言われたらどうしようと思いつつ、「イエス」と答えると、

「それでは規定の広告料金から二十パーセント引きましょう。税金は五十パーセント割り引きです」

と言われて仰天したらしい。つまりルーキーとしてチャレンジしてくるニュー・カマーを歓迎するという姿勢なのだ。これは凄い。

**だからどうしたニューヨーク**

ホームレスの目立たないニューヨークというが、中心の高級地区だけのことだろうか。

これだけ貧富の格差のある国で、ホームレスが魔法のように突然消え失せるはずがない。しかし、たしかに目につくあたりに昔のようなショッピングバッグ・レディーの姿はなかった。

以前、メトロポリタン歌劇場の移転二十五周年の記念の大ガラ・コンサートの取材をしたことがある。

巨大なリムジンから次々に降りてくる客たちのなかには、ぼくも知っている有名人がたくさんいた。オジイちゃんになってしまったポール・ニューマン。イメルダ夫人。湾岸戦争の英雄、パウエル。テレビのライトが注ぎ、宝石や勲章がきらめく。

そんな正面のにぎわいをよそに、メトロポリタン歌劇場の左右の暗がりには、黒くうごめく無数の影があった。テレビのクルーは、そのホームレスたちの姿をフレームに入れないように、アングルに苦労していた。

あのころはマンハッタンのどこにもホームレスの姿があったのだ。それがいまは、かき消すように見えなくなっている。

ふと、サッチャーが政権をとったあと、ロンドンへ行ったときのことを思い出した。ロンドンのいたるところに見うけられた立ちんぼうの夜の姫君たちが、手品のように姿を消してしまっていたのだ。

権力を握った為政者が、本気で何かをやろうとすれば、どんなことでもできるもんなんだな、と、そのとき思ったものである。

ニューヨーク市長がその気になれば、この世からホームレスを消滅させられるものだろうか。そんなことはあるまい。サッチャーに追放された夜の蝶たちも、たぶん郊外のどこかへ追いやられたか、または地下へもぐったかのどちらかだろう。

一見、目立たないようにはできるかもしれない。しかし、社長が新入社員の二百倍の月給を平然ととる社会に、ホームレスが存在しないはずがない、とぼくは邪推《じゃすい》する。

ニューヨ！クは多くのホームレスを、どのように処理したのか、そのへんにすこぶる興味をおぼえた。いろんな人にもたずねてみた。しかし、ぼくの納得する答えは返ってこなかった。

かつて江戸時代、公儀はくり返し無宿者を町から追放する政策をとっている。そのことを思いだした。

ニューヨークという街が自分にとって魅力的であるかどうかというのは、大問題である。ぼくはいまひとつ、という感じがしないでもない。

活気はある。おもしろさもある。チャンスもあるだろう。世界の中心という雰囲気もある。

しかし、世界の中心がどうした、という気も正直言ってしないわけではない。中心よりも辺縁が大事、というのは、不肖、ぼくめの年来の考えかただった。

## 大都会の息苦しさ

名声とか、金とか、その他もろもろの成果は、すでに七十歳近くにもなると、さほど魅力ではない。むしろどこか地方を一人で旅しているときのほうが、心が安まるからだ。

やはりニューヨークの魅力は、仕事、ということにつきるのではないか。しのぎをけずる人間たちがいる。成功をめざして日夜はげむ若者たちがいる。そのような競争からはずれて、大都会の片隅に棲息《せいそく》している人びとがいる。

しかし、その熱っぽさがぼくには息苦しいのだ。自己を主張し、相手に打ち勝ち、名声をつかんで、それがどうしたというのか。

そんなことを思うこと自体が老いてきたしるしにちがいない。しかし、アンディー・ウォーホールが、はたして幸せだっただろうか。そうするしか生きる道を選べない人びとの集まる大都市の淋《さび》しさが、ニューヨークには漂っているようだ。

ルパート・マードックの王国と対抗する出版社系の情報産業は、ドイツ系のベルテルスマン・グループだそうだ。

ベルテルスマンはバーンズ・アンド・ノーブルの発行済み株式の五十パーセントを取得しているという。

ボーダーズとバーンズ・アンド・ノーブルのチェーンは、やがてアメリカ全土の書店網を支配するようになるかもしれない。しかし、それがいったいなんだというのか。人間にとって書物とは、そもそもなんであるのか。

## 飛行機で種をまく国の現実

この街では日本の何十倍も本は商品である。それは世界の先進国において、すべてそうだろう。日本はまだぬるま湯のなかにひたっているような気がしてならない。そして、そのぬるま湯の湯加減が、いまのぼくにとっては、かなり居心地がいいのだ。コールド・ウォーターか、ホット・ウォーターか、その二者択一を迫られたなら、ぼくは「ぬるま湯」を選びたい。そしてニューヨークは、それを許さない街だろう。

ニューヨークの書店は、なぜか東京や大阪の大書店のように混雑していないようだ。若い人たちの姿も多いが、それにまけず大人の客が目立つ。

日本の大書店だと、若者たちに突きとばされそうになりながら、ごった返す店内を右往左往することになる。それが、なんとなくゆったりと落ち着いた感じを受けるのは、ぼくの気のせいだろうか。

バーンズ・アンド・ノーブルやボーダーズの目抜き通りの店でもそうなのだ。ある人にそのことを話したら、

「それはインターネットで本を買う連中が多いからなんじゃないのかい」

と、アマゾン・コムがどれほど便利か、あれこれ説明をきかされた。アマゾンだけでなく、バーンズ・アンド・ノーブル社のほうでも、相当にインターネット利用の本の販売に力を入れているらしい。ベルテルスマン社による五十パーセントの株の保有も、このバーンズ・アンド・ノーブル社の電子流通部門に関しての話である。

本の割引き販売も、日本ではほとんど見られない風景だ。バーンズ・アンド・ノーブルの店では、申しこめばカードをつくってくれる。クレジットカードのようなカードである。これを出すと、店内の本はどれでも十パーセント引きになるらしい。

それだけではない。二十パーセント引き、三十パーセント引きの本も、けっこう目立つ。広告にかなり有名なミステリー作家の本のリストが出ていて、どれでも三冊六ドル、となっていた。ちょうどアダルト・ビデオの広告で、三本ウン千円、みたいな感じだ。著者の立場としては、なんとなく尻がむずがゆくなるような気持がするのではあるまいか。

アメリカは広い。その広大さは、ちょっと空を飛んだだけでも実感できる。州で法律がちがったりするというのも、その広大さがわかってくると納得がいく。そういう国で、インターネットを利用することが、どれほど役立つものであるかは、自分がコロラドやオハイオの辺地に住んでみないことには理解できまい。日本の地方都市とはわけがちがうのだ。

日本では車で三十分も走れば、郊外店がある。国道ぞいの本のショップがすぐに見つかるだろう。アメリカはそうではない。何しろ飛行機で畠の種をまく国なのだ。だからこそインターネットなのである。

## 世界が日本化していく

首都高速道路の上から新宿方面を眺めると、奇妙なビルが見える。いつのころからか、まるでエンパイア・ステート・ビルのようなシルエットが空にそびえているのだ。近づくにつれて、のっぺりしたベニヤ板細工のような壁面が現れてくる。まさかニューヨークのビルのパロディーとして建てたものではあるまい。キッチュというほど過激な意図もなさそうだ。

あれはいったいなんだろう、と、見るたびに思う。たぶん情報産業関係の建物にちがいないが、得体の知れないビルである。夏目漱石の言葉が、ふと頭に浮かぶ。西欧の猿真似をして云々《うんぬん》、という文句だ。「上滑りに滑ってゆかざるをえないだろう」という予言も思い出される。

要するに明治以来、戦後半世紀の欧米文明の猿真似の行きつくところが、あのビルの姿ではあるまいか。似て非なるものをつくることがいけない、と言っているわけではない。上滑りの安手な模倣《もほう》を馬鹿にするわけでもない。ただ、あのビルに象徴されているものに苦笑いをおさえることができないだけなのだ。

ＴＢＳ会館のビルがそのうち取りこわされると聞いた。いまは放送には使われていないが、できたころはまぶしいほど近代的な放送センターだった。ぼくが若いころ、そのビルのスタジオで番組の構成をやり、ビルの前の喫茶店でコピーを書いたりした時代は、そのへん一帯が輝いているように感じられたものである。

エンパイア・ステート・ビルはたしか大不況の真っ只中に着工され、完成したはずだ。すでに七十年あまりの歳月を耐えて、いまもニューヨークの空を飾っている。東京のビルは五十年どころか、四十年そこそこでこわされ、また新しい安手のビルが建てられる。

都会は生きものである。変化するのは当然だ。しかし、うんと古いものと、うんと新しいものが共存し、ふしぎな調和を保っている街こそ大都会というものだろう。

ニューヨークがなんとなく新宿に似てきた、と、先に書いた。悪貨が良貨を駆逐《くちく》する、というのは、真実である。世界中の都市が、どれも軒並み悪いほうへ、安手な新開地に変化していきつつあるのは、これも世のならいというべきだろうか。世界が日本化していく。その意味で老化の最先端を走りつつあるのが日本かもしれない。

一九六五年以来、ずいぶん飛行機に乗って外国と行き来してきた。最初のころはまだプロペラのついた飛行機だった。

ソ連のアエロフロートのツポレフ機の窓からシベリアの凍土地帯を見下して感激したことを、いまさらのように思いだす。

かつて世界のどの国の空港でも、いちばん目立つ場所に白とブルーの美しいパンナム機の姿があった。南回りでヨーロッパへ飛ぶとき、ヴェトナムの上空で、機内アナウンスがあり、隣席の英語の達者な商社マンにその内容を教えてもらうと、

「いまメコン河の上空にさしかかっており、対空砲火をさけるために高度を上げます、と言ってます」

と、彼が言い、びっくりしたこともあった。ラテンアメリカの国々では、飛行機が無事に着陸すると陽気な乗客が全員で熱烈な拍手をして大喜びすることもおぼえた。

六十年代から七十年代のエール・フランスの機内食は、本当に美味だったと思う。こちらがぜいたくに慣れていなかったこともあろうが、この機内食はエコノミーであってもずいぶん豪華だったことはまちがいない。

最近ではファーストクラスに乗っても、コンビニ的給食である。まあ、こちらも機内では極力ものを食べないことが楽に過ごすコツだとさとって、ほとんど何も食べずに寝ているから、実際はポテトチップスの袋を投げてよこされてもべつに不満はない。ポテトチップスの袋を食事の際に一袋ずつ投げてよこしたというのは、先ごろアメリカの国内便に乗った友人の実話である。

飛行機に乗って異国へ飛ぶ、ということが心躍る貴重な体験ではなくなった時代なのだろう。こんどのニューヨークからの帰りはファーストクラスに乗せてもらったのだが、乗客全員、ほとんど畠仕事や山登りの途中といった風体《ふうてい》の超カジュアルな客ばかりで、ジー

ンズにスニーカーの踵《かかと》を踏みつぶしてはいている若者や、Tシャツ姿の中年女性や、そんな雰囲気のなかでネクタイをしめて乗っていたぼくが阿呆《あほう》みたいな感じだった。

ニューヨークなんぞは家の裏庭にでも行くくらいの感覚なのだろう。女性乗務員のうしろ姿にときめいたころの旅が、いっそなつかしいくらいである。

何日かニューヨークに行ってきたぐらいでこんな文章を書いたりするのも、恥ずかしい時代なのかもしれない。おもしろくない時代である。やれ、やれ。

# 演歌は二十一世紀こそおもしろい

●2002.1.16〜

## 社会風刺や世相戯評を背景にもつ正統演歌

「演歌は二十一世紀こそおもしろい」などと言えば、「また、また」と、冗談あつかいされるかもしれない。

「もの好きにもほどがある」と、笑う人もいるだろう。しかし、ぼくは本気である。真剣に考えつめたあげくに、そう思うようになったのだ。

これは冗談でもなければ、奇をてらった発言でもない。新人作家のころ、『艶歌《えんか》』という小説を書いて以来、三十年以上ずっとそのことを考え続けてきた結論として言うのである。

気楽に「演歌」という言葉を使ったが、ぼくの気持のなかには、なんとなくその表現になじめないところがあるのも事実だ。

「演歌」の源流をたどれば、当然のことながら明治時代にさかのぼる。

自由・民権などの啓蒙思想《けいもうしそう》を流行《はや》り歌に託した壮士《そうし》（政治青年）たちは、街頭演説のニューメディアとして歌謡を活用した。やがて政治宣伝から社会・風俗の風刺へとスタンスが変ってくる。さらに現在のテレビのニュース・ショウ的な、事件やゴシップを歌う情報歌謡へと進化していき、職業としての花形演歌師も登場した。

かつての横浜のJブルース歌手だった石黒ケイの親戚筋にあたるという添田《そえだ》啞蟬坊《あぜんぼう》なども、そのひとりだ。「ああ金の世や、金の世や」と歌った彼の演歌は、正統演歌とでも言うべきだろうか。名は平吉、神奈川の人だった。

そんな社会風刺《ふうし》、世相戯評《ぎひょう》のバックボーンが一本通っていないと、やはり「演歌」という言葉は、いまひとつしっくりこない。戦後で言うなら、三木トリローさんなどは、まぎれもない昭和の演歌師だろう。もっとも彼は自分では歌ったりはしなかったが。

「冗談音楽」といっても、最近の若い世代には通用しなくなってきた。ぼくの考えではトリローの「冗談音楽」こそ、占領期の演歌の本道をゆくものだったと思う。

さて、そういう観点から見ると、現在の演歌は、明治・大正の演歌とは、あきらかにちがう。一九二一年（大正十年）ころの『船頭小唄《せんどうこうた》』は、たぶんギリギリの境目ではあるまいか。

言葉は生きものである。時代とともにその内容が変っていくのは当然のことだ。「演歌」も、古いものから「新しい演歌」へと変化してゆく。そのことに異存はない。しかし――。

ここで――、と口ごもったのはぼく個人の感情である。かつて「演歌」という語感には、何か一本、背筋の通った颯爽《さつそう》としたイメージがあった。時代の風潮にも、体制にも属することなく、庶民大衆の情念を歌う反骨のようなものが感じられた。

それは何も権力批判とか、時代風刺とかいった大げさなものではない。いわゆる股旅《またたび》ソングにも、どこかにアウトローの心意気が流れていたように思うのだ。無宿者、ヤクザ、渡世人、いろんなよびかたもあろうが、しょせん彼らは無籍の民である。江戸時代はそれらを含む非定住民を「野非人《のひにん》」とよんだ。

江戸市中に流れこんだ無宿の人びとを「野非人狩り」と称して定期的に収容し、車善七《くるまぜんしち》など非人頭の指揮下におき「非人」身分とするか、江戸から追放するかしたのである。いわゆるヤクザ歌謡にそのような世間の良俗からはみだす者の情緒が、糸を引いて流れていることを無視すべきではあるまい。

## もはや演歌に颯爽としたイメージはない

しかし、ふたたび、しかし、である。演歌もまた変化する。ぼくはそれを変節とはよばない。明治のころ、ストレートに権力を批判した演説歌は、風刺へと転じ、戯評と変り、やがてプロテストソングから流行フォークへと姿を変え、任俠《にんきよう》映画の主題歌にもなって、音楽ビジネスとともに繁栄の時代をむかえる。

さらに戦後は大衆歌謡の世界も、驚くほどの大きな潮流となって、さまざまなスタイルが百花斉放《ひやっかせいほう》の趣《おもむ》きを見せることとなるのだ。

欧米の新しい音楽の流れは、一瞬のうちにコピーされて、応用されて、さらに新しい歌のジャンルが登場する。こうして流行歌・歌謡曲とよばれる大衆歌謡の世界は、目がくらむほどに幅広く、多様なものに成長してゆく。

そんな潮流のなかで、「演歌」とよばれる歌の世界は、幾度かのブームを経て、しだいに独特のジャンルとして自立していくこととなった。

ぼくはジャンル分けが好きではない。人間は人間である。音楽は音楽、歌は歌である。しかし、人間に男がいて、女がいて、少年がいて老人がいるように、歌にもさまざまな姿があって当然だ。

いま現在、一般に「演歌」とよばれる大衆歌謡のなかのひとつの世界は、かなりくっきりしたイメージで区分けされているようだ。

そしてそれはかならずしも、かつての明治・大正のころのメジャーな位置でもなく、残念ながら颯爽としたイメージでもない。

「演歌」または「演歌歌手」という言葉に対する反応を、実際にテストしてみた。

若い世代の典型的な反応は、

「エーッ」

と尻上りの声を出し、首をすくめて、

「ダッサーイ」

とか、

「マジー?」

とか言う。

「まじめにたずねてるんだよ。率直に感想を聞かせてくれないか」

と、かさねて迫ると、

「マジメに答えるったって、ねぇ!」

と、クスクス笑うのである。

ぼくと同世代の、ということは六十代後半の世代であるが、このへんの反応もあまりかんばしくはない。クラシックの愛好家もいれば、ジャズとともに青年期を過ごした連中もいて、そういう世代もまた、演歌と聞くと、まともに相手をしてくれないようだ。

そんな馬鹿な、と、反論する人もいるだろう。

「NHKBSの『にっぽんの歌』とか、ああいう歌番組を見てみたまえ。地方じゃいまでも演歌全盛なんだぜ。有名演歌歌手のコンサートだって、なかなかチケットが手に入らないこともある。五万円もするディナー・ショウが満員になるという現実を、ちゃんと認めなきゃ。なんとか言っても、演歌はやはり強いですよ。やっぱり日本人が日本人である限り、あのメロディーは永遠に生き続けるんじゃないのかな」

そんなふうに言われると、一瞬、そうか、と思ったりもする。しかし、統計やアンケートやチケットの売上げとはべつに、ぼく個人の実感では、演歌という言葉のイメージは、すでに時代から大きくずれているとしか思えないのだ。

「まるで演歌歌手みたい」

と、古くさいものにそんな表現をするのは、若い子だけではない。れっきとした雑誌の現役の編集者がそう言うのである。

それをそう感じないのは、その業界にどっぷり首までつかって、社会の動きにはほとんど無関心な内部の人びとではあるまいか。

## 業界の外から見た「演歌論」

ぼくが前進座の七十周年記念公演に、流行歌・演歌を題材にした芝居を書くと言い出したときも、周囲のジャーナリスト、編集者たちは、冗談としか受けとってくれなかったのだ。

前進座の七〇周年記念公演の新作は、中日劇場で幕をあけ、いくつか地方を回って東京の新国立劇場公演へと続く。そのあと吉祥寺《きちじょうじ》の前進座劇場へと舞台を移して、二〇〇二年の二月には大阪の公演がはじまる。大阪は国立文楽劇場である。

ぼくが演歌劇をやってみようと思ったのは、新国立劇場のようなとり澄ました舞台に、力いっぱい演歌を響かせてみたかったからだ。ついでにヌードも披露すればおもしろかろう、という悪戯《いたずら》ごころからだった。

しかし、その発想には、かなりの批判もあったのは事実である。

「冗談がすぎるんじゃないですか」

と、真顔で忠告してくれるジャーナリストもいた。しかし、わたしはかつて『面白半分』という雑誌の編集長をつとめたこともある酔狂《すいきよう》の徒である。冗談から駒《こま》を出してやる、と、そんな意気ごみで作品を書き上げ、今年は二年目の公演をむかえることとなったのだ。

朝日新聞の紹介記事には、「演歌好きにはこたえられない舞台だろう」といった文章もあったが、ぼくはべつに演歌ファンのために芝居を書いたわけではない。

むしろ、「え？　いまどき演歌がテーマですか？」と、とまどうような人に見てもらいたかったのだ。その期待は、かなりの程度にかなったと思う。

しかし、まだ幅広い議論が、演歌そのものを巡って展開するといった反応がないのは淋《さび》しい気がしてならない。思えば数十年前に『思想の科学』誌が、歌謡曲特集を組んで以後、ほとんどまともな演歌論議は出ていないのではあるまいか。

批評がほとんどない、というのは、そのジャンルが停滞している現状を示す。艶歌論の野沢あぐむ氏がひとり頑張っても、大勢はいっこうに変らないかに見えた。竹中労《たけなかつとむ》の遺志をつぐ論客は出ないものかと、はがゆい思いを噛みしめながら歳月がすぎた。

平成十三年十一月に、智書房いう出版社から、興味深い本が出た。佐藤稟一《さとうりんいち》著『演歌の達人』という評論集である。サブタイトルに〈高音《ハイノート》の哀しみ〉とそえられている演歌歌手論だ。

美空ひばり、都はるみ、瀬川瑛子、森進一、春日八郎、北島三郎、淡谷のり子、由紀さおり、たま、井上陽水などの歌い手を通じて、著者独自の演歌論を展開した力作であるらしい。オビには、〈超個性的、挑発的、偏愛演歌論〉と書かれていて、思わずページをめくった。

この本の著者である佐藤稟一氏には面識がない。これまでの著作の紹介によれば、かなり特異な個性をもつ批評家のようだ。『自由人』、『詩学』などの雑誌を中心に評論活動を行ってきた人のようである。

『不快妄想――泉鏡花コラージュ』、『死体妄想――秋成・乱歩・久作・そして昭如』、『夕暮れのかくれんぼ――寺山修司小論』などの作家論、そして『母のポエジア――「ドクラマグラ」「鏡」「8 1/2」「夢幻」』などの映画論の主題を見ても、その偏愛する領域の志向がくっきりと現れている。カバー袖の紹介文によれば、「ときには前衛女流歌人の朗読にジョイントしてドラムをたたく」とある。文芸分野だけでなく、音楽の現場にもくわしい批評家なのだろう。

こういう音楽業界の外に立つ人が書く「歌論」が例外なくおもしろいのだ。不幸な死をとげた故・五十嵐一《いがらしひとし》をはじめ、そういう批評の系譜は戦後から現在まで、なお光を失ってはいない。

竹中労がそうだった。中上健次も、富岡多恵子もそうである。吉田進、吉田司など、ドキュメンタリーな仕事もそうだ。朝倉喬司、平岡正明、相倉久人、上野昂志、橋本治、天沢退二郎、寺山修司、山折哲雄、堀田善衞、などの名前も忘れるわけにはいかない。松永伍一も、子守唄から古賀政男、そして現代歌謡まで幅広く視野に収めた批評を続けている。

こうしてふり返ってみると、歌謡曲・演歌についての批評・発言は、かならずしも少いとは言えないようにも見える。

しかし、ふたたび、しかし、である。問題はそれらの批評が現実の制作活動と、どこか離れた世界で演じられていたことにあるように思われてならない。

それは竹中労さんら何人かの先達《せんだつ》を除いて、歌謡界という、ある意味での魔界と直接に肌触れあう危うさを、無意識に避けていたからではあるまいか。

現場というのは、つねに戦場である。そこでは実弾が飛びかい、人は生死を賭《か》けて争う。観客席で批評活動を行うのは楽しいことだが、一歩ふみこんで肌を接することは、泥中《でいちゅう》の葦《あし》を採るようななまなましい作業だ。

また、業界も外部からの干渉を本能的に拒む傾向が長く続いた。そこは第三の王国であり、鎖国によって安泰と繁栄が続いた世界だったからだろう。

## 都はるみの近代志向

さて、佐藤氏の演歌論だが、この著者のアドバンテージは、なによりもコンサートの現場と徹底的につき合ってきたことにあると言っていい。ぼくのようにレコードやCDを聴いてする批評ではない。

戦後の美空ひばりをはじめとして、都はるみの二〇〇一年から二年にかけてのロング・ロング・コンサートにいたるまで、丹念に歌の現場に身をおくところから出発している。ぼくが感心したのは、佐藤氏が歌だけでなく、当日の歌い手の舞台の衣装からセット、構成、演奏や編曲の細部にわたって偏執的《へんしつてき》な視線を注いでいる点だ。加えて歌い手のアイシャドーのニュアンスや、マイクを持つポーズ、身体的表現やトークの隅々にまで目配りを忘れないところが凄い。

一例をあげよう。「都はるみII」のなかの文章である。

《(前略) 都はるみがロングコンサートの場に「日生劇場」を選んだことにも拍手を贈りたい。今日の日本建築のほとんどが機能性、空間の合理的な処理、直線的なフォルムにこだわった無味乾燥なものの中にあってこの劇場のホールは、フォルム全体が妖美な姿体を持っている。反近代主義を貫いた建築デザイナー村野藤吾七十七歳の時の作品である。村野は、もうこの世にいないが細部の装飾に思いを沈め独特の官能的でエロティックなうねりを波打たせた建築家であった。

「日生劇場」側壁は、ガラスのモザイクが貼られ宇宙の黎明を思わせるようなダブル・トーンに彩られている。天井には、無数のアコヤ貝が貼りつけられ妖しいくぼみがうねっている。幻想の海底を思わせる身のくねりだ。

「日生劇場」は、細部の装飾にこだわり近代主義の衣装をまとった建築イデオムを粉砕した。村野藤吾の作品は、東京において「日本興業銀行本店」や「新高輪プリンスホテル」などに見ることができるが、この劇場のフォルムは、その妖しくエロティックな美しさで他を圧した傑作である。

都はるみの歌声は、この劇場の官能的な曲線に溶けて一層艶やかに聴こえた。（後略）》

そして佐藤氏は、この場をコンサートに選んだ都はるみの「意志」に感動する、と書いている。六〇年以来ずっと反ブレヒト、反バウハウスで突っ張ってきたぼくとしても、共感するところが多い。

いっそバルセロナのガウディの教会の前でどうだ、などと思ってしまう。

『演歌の達人——高音《ハイノート》の哀しみ』の一冊には、いたるところに歌の流れる現場に立つ著者の感情が流露《りゅうろ》していて、そこが魅力となっていた。

もちろん、ぼくにも異論はある。共感が大きければ大きいほど、対立点も見えてくるものだ。佐藤氏が村野藤吾を反近代の建築家ととらえたことに異論はない。反ブレヒト、反バウハウスと言ったが、ぼくの本当の標的はブレヒトもどき、バウハウスもどきの流行にある。しかし、そのためにはブレヒト神話、バウハウス原理主義に一矢《いっし》をむくいずには標的をとらえることができない。

本当のブレヒト主義者なら、当然のことながら二十一世紀の現在、反ブレヒト論者たらざるをえないだろう。バウハウスもまた、当時そのような「親殺し」の思想をもって伝統に「恩を返した」エコールであるからである。

そんななかで、都はるみに反近代の共鳴だけを見るのは、いささか無理というものだろう。現在の都はるみにあるのは、本能的な反近代と、それを超えようとする近代的意志の相剋《そうこく》ではないかとぼくは見ている。一連の浪花演歌的なものへのファンの支持を保持しながら、どう文芸路線を確立するか、というのがそのプロデュース戦略であるように感じられるからだ。

「演歌歌手と呼ばれるより歌屋と呼ばれたい」といった彼女の発言（週刊朝日）などにも、その近代志向がかいま見えるような気がするのである。しかし、少くとも相剋《そうこく》を抱いているということは、大したことだと思う。現状になんの意識もない歌の現場が、あまりにも普通であるからだ。

「演歌歌手に意識なんかいらない。かえって才能を枯らすだけだ」

と、ある高名なディレクターは言った。

「美空ひばりを見てごらんなさい」と。

とんでもない。美空ひばりがどれほど意識的な歌い手であったかを、ぼくは彼女との対談（月刊カドカワ）を通して知っている。

『釜山港へ帰れ』の歌唱をめぐって談論したとき、美空ひばりは対談のあと、自分の意見を追加した手紙まで送ってきたのだ。

ぼくはいま歌謡曲・演歌の現場にいる人びと、歌手やディレクターや、プロデューサーや、エンジニアや、プロダクションの管理者などの人びとに、佐藤氏のこの一冊をたんなる音楽業界へのオマージュとしてではなく、真情こめた提言として読むことをすすめたい。このへんが第一歩なのだから。

「演歌とかポップスとか、そんな区分けにこだわる必要はないんじゃないですか。要するに歌ってことですから。よい歌と悪い歌があるだけでしょう」

と、若い編集者がいう。これはよく聞く意見である。

「わたしはジャズ歌手とよばれたくありません。ヴォーカリストと思ってますから」

と言った歌い手もいた。それはその通りだとぼくも思う。しかし、その意見の正しさを認めた上で、やはりたくさんの歌の世界があることを認めなければなるまい。歌はひとつ、という意見は、「宗教はひとつ」という考えかたとも似ているのではないか。

## ものが変ればイメージはたちまちにして変る

目に見えない大きな何ものかを感じ、その存在に畏怖《いふ》の気持をもつ、それが宗教の出発点である。しかし、現実には、この世界にキリスト教、仏教、イスラム教、ヒンドゥー教、その他数多くの宗教が存在することも事実である。

さらに同じ宗教のなかでも、さまざまな宗派があり、独自の教えを守ってきた。宗教はひとつ、神仏はひとつ、と、そのことを踏まえた上で、やはり各自の信仰を分けるものがあるのが世界というものだ。

人間はひとつである。しかし、その人間にも、男もいれば女もいる。老人もいれば子供もいる。欧米人も、アジア人も、ポリネシア人もいる。そのことは人間はひとつ、という考えかたと、なんら矛盾するものではない。

オペラ歌手がいる。民謡の歌い手がいる。ブルース・シンガーがいて、ゴスペルの歌手がいて、そして演歌歌手がいる。それでいいではないか。

もちろん、いまの演歌につきまとう古いイメージを嫌う気持は当然かもしれない。世間で、演歌イコール古い、という風潮が通用している限り。

しかし、イメージは、ものが変ればたちまちにして変るものなのだ。かつてグッチがオバさん御用達《ごようたし》の野暮《やぼ》な商品とされていた時代は、ついこのあいだのことなのだ。

演歌も同じだろう。演歌であれ、艶歌であれ、その世界が清新なイメージを生みだしさえすれば、世間の目などすぐ変るにちがいない。とりあえず、演歌という言葉が悪いのではなく、その現在の中身に問題があるのではないかと疑ってみることだ。

## 演歌・歌謡曲に対する心情

今度文藝春秋から出る『旅の終わりに』の見本刷りが届いた。たぶん来週あたりには、書店の店頭に出るだろう。

これは小説ではない。前進座のために書き下ろし、「オール讀物」に連載した戯曲である。その前書きに、「イントロにかえて」と題して、次のようなメッセージをそえた。公演パンフレットに書いた文章に、新たな章をつけ加えたものである。演歌・歌謡曲に対するぼくの心情を、率直につづったものだ。その大意をここに転載しよう。これまでの文章と重複する部分のあることを、あらかじめお断りしておく。

《これは「お涙頂戴」のドラマである。「お涙頂戴」、なんというきっぱりした言葉だろう。「観客を泣かせる」などという傲慢無礼《ごうまんぶれい》な口調にくらべると、どれほど美しい表現であることか。時代劇などで死を覚悟して敵地へ乗りこんだ若武者が、狙う相手に、「お命頂戴つかまつる!」などと言う場面があった。「お涙」を「頂戴」するのも、「お命」を「頂戴」するのも、その心は一緒だ。そこには身を捨てて生きようとする、いさぎよい覚悟が必要なのだから。

ぼくはこのドラマを日本人の歌謡劇として書いた。そこで流れるのは、現代の梁塵秘抄《りょうじんひしょう》の歌ともいうべき巷《ちまた》の俗謡である。演歌・艶歌・歌謡曲・流行歌などと呼ばれるそれらの歌に、ぼくはいま、あらためて深い共感をおぼえずにはいられないのだ。

かつて思想家の羽仁五郎さんは、「きみ、美空ひばりは日本の恥ですよ。そうは思いませんか」と笑顔でぼくに言ったことがある。

羽仁さんのルネサンスに関する本は、ぼくが学生の頃の愛読書のひとつだった。羽仁五郎という人は、学殖《がくしょく》だけでなく、勇気も、想像力も、ユーモアもそなえた、すぐれた思想家だったといまも思うのだが。

また、ぼくがコンラッドやシェークスピアについて、いろんなことを教えていただいた中野好夫さんも、こういう発言をされたことがある。「流行歌は社会の便所みたいなものだ。汚いが、必要な場所なのである」と。

便所が汚い場所であるかどうかは別として、そこに「必要悪」という感覚がはたらいていたことは、まちがいないだろう。

ともあれ、ここで流行歌や美空ひばりに託されて語られているのは、ふつう〈演歌・歌謡曲〉と呼ばれている種類の歌である。シャンソンや、タンゴや、ファドや、ブルースなども立派な流行り歌だが、どこか扱いがちがう。

明治・大正・昭和の時代を通じて、「日本の歌」「日本人の歌」をさがしてみると、結局は〈演歌・歌謡曲〉に落ち着く。

いわゆる歌曲、童謡、ホームソングのたぐいにも美しい歌はたくさんあるが、何と言っても日本人大衆の心を揺さぶり、その哀歓を支えてきた歌としては、〈演歌・歌謡曲〉をあげないわけにはいかない。大衆などと難しいことを言わずとも、ぼく自身がそうだったのだから。

ジャズに夢中になったり、クラシック系の音楽に熱をあげたり、タンゴや、ファドや、フォルクローレなども熱心に聴く。それでいてポップスも好きだし、ロックも、ゴスペルにも共感するといった雑食性のぼくだが、どうしても日本の〈演歌・歌謡曲〉にサヨナラするわけにはいかない、何かがあるのだ。

現在、〈演歌・歌謡曲〉系のCDは呆れるほど売れないという。若い世代のほとんどがその世界にそっぽを向いている。NHKのBS放送の歌番組などを見ていても、会場の聴衆の大半がうんと上の世代であることがわかる。「カッコ悪い世界」という見かたが、日本列島をおおっていると言っても、言い過ぎではあるまい。

しかし平安時代の今様《いまよう》をはじめ、声明《しようみよう》、和讃《わさん》、御詠歌《ごえいか》、琵琶法師《びわほうし》の語りものから、長唄《ながうた》、浄瑠璃、端唄《はうた》小唄のたぐいや、浪曲、民謡など、広く深い日本人の歌謡世界は、すべて〈演歌・歌謡曲〉の世界に流れこんでいるというのが、一貫したぼくの考えかただ。
長調《メジャーコード》を〈陽旋律〉といい、短調《マイナーコード》を〈陰旋律〉と呼んだときから、音楽世界のねじれは生じている。短調で、かつヨナ抜きの貧しい音階に依存する音楽、として蔑視《べっし》されてきたのは、世界の歴史のねじれではないのか。

短調の言葉は、アラブ、イスラム世界では前向きの音楽であり、軍歌も、抵抗歌も、喜びの歌も、マイナー・コードでうたわれてきた。日本の明治維新の勤皇軍の軍歌を口ずさんでみるといい。「明治維新は短調のメロディーと共にやってきた」という五十嵐一の指摘は正しい。

問題は、平成だ。かつて昭和は、数々の名曲を生んできた。戦後もすばらしい作詞家や、すぐれた作曲家たちによって、多くのスタンダード曲がつくられてきている。

しかし、その流れはいま、ほとんど枯渇《こかつ》しかけている、というのが実状ではあるまいか。数字の面からではなく、質の面で、日本の〈演歌・歌謡曲〉は、絶滅寸前、といったところだろう。

こんど前進座の七〇周年記念公演に、あえて〈大衆歌謡劇〉を試みようと考えたのは、そんな日頃のモヤモヤからだった。徹底的に古い大衆演劇のスタイルをとりながら、そこにミュージカルではない歌の世界を創り出せないものだろうか。

そんな作者の無謀な考えに共感してくださった前進座のスタッフに感謝するとともに、

無条件で感情移入を認める芝居を、どう観客の皆さんが受けとってくださるか、作者としても興味はつきないところだ。

この作品は舞台での上演を前提にしたものだが、ぼくはべつに小説とか、シナリオとか、戯曲とか、そんな区分けにこだわる気持は最初からなかった。

これはひとつの物語である。それも中世の説経《せっきょう》や、節劇《ふしげき》や、大衆演劇の流れを継承する歌入り芝居（本来の意味でのメロディー・ドラマ）の台本である。実際に舞台で上演されるときには、いろんな制約があって、たぶん細部はそのときどきで大幅に変るかもしれない。

しかし、この作品の根底にすえられた〝情《じょう》〟という視点だけは、失われることはあるまいと信じている。〝情〟とは、仏教で言う「慈悲」の〝悲〟にあたるものだ。近代が長く無視してきた〝悲〟と〝情〟の世界を、ぼくはこれからも大切に描いていきたいと思っている。

ぼくは日本人がうたう歌謡、日本語で書かれ、日本人の心に触れるメロディーを、何よりも愛している。明治以後の日本の流行歌の歴史は、いつか必ず高く評価され、第二の梁塵秘抄が編まれる日が来るはずだ。いま冬の時代を迎えているかに見える歌謡曲の世界に、希望を持とう、元気を出そう、と、ひそかなエールを送りたい。》

## 「魂」のない真似ごと

明治時代に「和魂洋才《わこんようさい》」という言葉に托《たく》された考えかたには、大きな錯覚があったように思う。

かつて中国・半島経由のグローバル文明が日本列島を席巻《せっけん》したとき、当時の人びとは「和魂漢才」という表現で己《おのれ》のアイデンティティーを守ろうとした。「和魂洋才」はそのもじりだが、ここには「魂」と「才」とが分離したものであるかのように思う錯覚がひそんでいる。

システムの根には、「魂」がある。それはすべての花が地下の根と結びついて存在することと同じだ。根のない花はない。「才」はかならず「魂」を核として成立する。「才」だけを器用にとり入れて、その「魂」はていよく排除するなどということは、生きた文化を排除することにひとしい。

市場原理・自由競争の経済システムは、「見えざる神の御手」への絶対の信頼から成立する。その神の保証があってこそ、市場はおのずとコントロールされると考えるのだ。社会主義・計画経済が、神を否定する人びとによって推進されたことは、そのことの裏返しの証明だろう。レーニンは「神はいない」と強調することによって市場原理・資本主義を否定したのだから。

「音楽に国境はない」とは、よく言われる言葉だ。しかし、音楽にも歌にも、それぞれの「魂」はある。キリストを信じない人間も、ゴスペルソングを楽しむことは可能だ。しかし、ゴスペルソングが歌から祈りへと昇華する絶対的感動を体験することはできないだろう。

「ハレルヤ！」

とか、

「アーメン！」

とかいった、おのずと全身から発する合いの手を、形だけ真似て発声したところで、それは「魂」なき真似ごとにすぎない。イミテーションの魅力、コピーの美というものもわからないではない。しかし、それはオリジナルあってのコピーの魅力だ。

明治期に日本は、音楽教育から邦楽部門を排除して西洋音楽を「正しい音楽」とした。日本語の発音・発声が、日本人独特のスタイルをもつことを無視してである。

もし二十一世紀に地球規模の音楽世界において、日本の音楽、日本人の歌がありうるとしたら、それはどのようなものなのだろうか。ぼくの関心は、そこにある。

## 時代が変った

いまを去ること三十数年前、一九六〇年代後半に、『風に吹かれて』というエッセイを連載していた。そこに「花の巴里《パリ》の流し歌」という章がある。その一部は、こんなふうな話だ。

《（前略）あちらで、ある映画会社のパリ駐在員であるN氏にいろいろ面倒を見てもらった。お世話になった人に、もう一人Kさんがいる。Kさんは、パリでフランス歌曲の勉強をこつこつやっているバリトン歌手である。マドレーヌ寺院の専属ソリストでもあり、フランス政府から勲章をもらったアーチストだ。

この二人のコントラストが、非常におもしろかった。

N氏は早稲田の英文学科の出身で、ハーディやジョイスに強い。そのくせ、やたらに日本の流行歌を愛していた。酒も強く、酔うとメトロの中ででも艶歌を歌った。

〽 風か柳か　勘太郎さんかァー・

という小節を頬ずりするような目つきで歌うのである。外国での生活が長くなればなるだけ、N氏の中の日本人が表に出てくるようであった。

いっぽうKさんの方は、フランスの市民生活に見事に溶けこんで生きているように見えた。買物ひとつにしても、実に堂々と店のマダムとやり合っている。異国のアーチストの中で、着々と自分の地歩を固めていく、日本人にはめずらしいタイプに見えた。

ある日の午後、Kさんがオテル・ロワイアルにぼくを誘いに来た。

「マドレーヌ寺院で結婚式があるんだけど、来てみませんか。ぼくが歌います」

ぼくたちは連れ立ってホテルを出る。気持のいい日なので、シャンゼリゼを下り、コンコルド広場を抜けて、マドレーヌ寺院まで歩いていった。

「ぼくねえ、ちょっと妙なことにねえ――」

Kさんは本当に不思議そうな顔で苦笑しながらぼくに言った。

「こないだNさんの流行歌をきいたでしょう。あのメロディーが、どうも最近ふっと口をついて出てくることがあるんですよ」

「どの唄《うた》です?」

「ほら、あの、カンタローさんかァという例のメロディー」

「ははあ」

Kさんの困惑したような表情がぼくには楽しかった。

「いつも婚礼とか、お葬式とかあるでしょう。すると、当日、先方に行くまで何を歌うかわからないわけです。十九世紀の歌を渡されることもあるし、新しい歌のこともあるしね」

「ええ」

「どうも、大事な時に、ふっとそのメロディーが出て来やしまいかと、何度か気になってね」

ぼくたちは顔を見合わせて笑った。

マドレーヌ寺院でKさんと別れ、ぼくは内部の椅子に腰かけて式のはじまるのを待った。やがてパイプオルガンがウォンウォンと鳴りひびき、新郎新婦が姿を現した。奥さんは十七、八歳の美少女だったが、新郎というのが五十歳は越したと思われる妙な男である。なぜかひどく残酷な感じがした。やがてKさんが祭壇の裏で歌い出した。女声のソプラノが、それに和した。歌がとぎれた瞬間、ふとさっきのKさんの言葉を思い出した。だが、さいわい艶歌のメロディーが流れてくる気配はなかった。

その晩、もう一人のN氏の方とあちこち飲んで回った。N氏は大正・昭和のあらゆる流行歌を片っぱしから歌い出し、深夜のシャンゼリゼに艶歌のメロディーがこだました。

Nさんと別れて、ひとりでエトワールからホテルへ歩いていると、シャンゼリゼの一望の街灯が、パッと一斉に消えた。時計を見たら四時半だった。

洗濯のすんだパリの街並みは、まっ白で軽快な感じがした。赤いサンビームに乗った美人が車を寄せて来て、何か言った。おそらく高級な娼婦だろうと思われた。ぼくが手をふると、その女はニコリと笑って、街灯の消えたシャンゼリゼを凄いスピードで走って行ってしまった。

そのとき、ぼくは車道のまん中に立って、美しい建物の連なりを見ていた。ぼくの頭の中にあったのは、渋谷や新宿のあの雑然たる町の姿だった。だが、ぼくはその東京の街の混乱したイメージを少しも恥かしいとは感じなかった。

この目の前の壮麗な建物の列を作ったのは君たちか？　とぼくは口の中で呟《つぶや》いた。そうではあるまい。これは君たちの父親や祖父の残した町だ。だが、新宿や渋谷は、われわれが作った。あれは汚い街だが、まごうことなき戦後の街だ。ちがうかな？
難しいものだと思う。外国にいて、平静な気持で毎日を過すということは、大変なことだろう。先日来たN氏からの葉書では、ダブリンへ行ってジョイスの親戚のおばさんと話をしたということだった。アイルランドでは、艶歌は歌わなかったのだろうか。》
こうして昔書いた文章を読み返してみると、その観点は現在とほとんど変っていないことに気づく。変ったのは時代である。いま、歌謡曲・演歌の世界がある意味でどん底に低迷していることは明らかだ。それをどう乗りこえるかは、業界、関係者の情熱にかかっていると言えるだろう。外野席からエールを送りたい。と願うや切。

1978年。小樽にて／撮影＝野上透

1978年。小樽の喫茶店にて／撮影＝野上透

# 寺と日本人のこころ

●2002.4.16〜

## 日本的風景の喪失

四月は、寺に関係する催しにずいぶん参加した。

俗に花祭りなどという釈尊《しゃくそん》誕生を祝う行事が四月にあるからだ。降誕会《ごうたんえ》とも、灌仏会《かんぶつえ》ともいうこの催しは、いまも各地の寺々で静かに行われている。

花で飾った小さな堂宇《どうう》をつくり、水盤に釈尊の像をおき、参詣者はひしゃくで甘茶《あまちゃ》を釈迦如来の頭にかける。甘茶はもらって帰って家族と飲む。

この行事が日本ではじめて催されたのは、六〇六年というから、おそろしく古い。もともと中国で行われていたものがこの国に伝わり、元興寺《がんごうじ》で最初に会が催されたと伝えられている。

地方の寺では稚児《ちご》の行列や、コンサート、講演会、その他のいろんな催しが、趣向をこらして催されていて、ぼくもそれに一役買って参加するというわけだ。

ところによっては、狂言の芸なども演じられる。和讃《わさん》や、仏讃歌などの発表会、寸劇《すんげき》なども行われる。

各地でそんな七世紀以来の行事が、いまも生き続けているということが、すこぶる感動的だ。この国の伝統の失われたことを嘆く声は少なくないが、あちこちで千年以上も続いている催しも少なくないと知ると、なんとなくほっとする気分がある。

各地を歩き回っていて感じることは、日本的風景の喪失ということだ。

もちろん、それは大陸・半島渡来の風景かもしれない。寺にしても、もともとは異国渡来の新建築だったのだから。

しかし、それが根づき、千年の歳月に耐えて生き続けると、日本の風景になる。神社の杜《もり》と、寺の境内、この二つに、かろうじて残っているのが、日本の風景ではないかと、近ごろしきりと考えるようになった。

いまでも新幹線の車窓から、農村の集落の中心部に、傾斜した寺の瓦屋根がそびえているのを見ることがある。

## 貴重な「寺のある風景」

ヨーロッパを車で走っていて気づくのは、村や、町の中心部の広場に面して、教会の尖《せん》塔《とう》がかならずそびえていることだ。その尖塔をめざして車を走らせれば、おのずとその町の中心部（セントラル）に行きつくことになる。かつての日本の農村も、そんなふうだったのだろう。

寺のある風景。それがどれほど大事なものであるかを、最近しきりに考えるようになった。

寺、とひとことで言っても、いろんな寺があることは、ご承知の通り。俗に観光寺と称される大繁盛の寺もあれば、訪れる人とてなきさびさびとした寺もある。また、中へ参上しようとのぞいても、門を固く閉め、一般人の立ち入りを頭から拒絶する構えの寺も少くない。

しかし、法隆寺や唐招提寺《とうしょうだいじ》のような人気のある観光スポットであっても、時間をずらして観光バスが参集しないころあいに訪れると、これが意外にひっそりと物静かな雰囲気を漂わせていたりする。

『風の王国』という小説を書いていた時期、奈良の法隆寺のすぐ近所の小寺にお世話になった日々があった。早朝や、夕暮れどき、人気のない法隆寺の境内を下駄ばきで歩くと、なんともいえずよい気分になったものだった。

もちろん法隆寺のすぐ裏手には、ゴルフ場の看板も見えたし、夜には国道ぞいにパチンコ店のまばゆいネオンも輝いていた。

しかし、あまりにポピュラーな寺であっても、やはりそこにはほかにない独特のしんとした空気が漂っているのが感じられたものだ。

法起寺《ほっきじ》も、法輪寺《ほうりんじ》もそうだった。そして、それらの寺を抱きかかえるように周囲にひろがる集落の雰囲気が、またなんとも言えずよかった。

公園といい、公共施設といい、学校といい、樹木の多い独特な空間を探すとなると、なかなかないものである。たとえどんなに俗化しようと、やはり寺には寺でなければ見いだせない日本的情緒というものがあるとぼくは思う。

## 「情」にこだわる

情緒、などと聞くと、顔をしかめる向きもあるだろう。日本的情緒といえば、すぐに四畳半で芸者が三味線でもひいている光景を連想する世代もあるだろう。また、観光客相手のレストランに流れる琴や尺八のBG音楽を連想して、笑いをこらえる世代もあるかもしれない。

しかし、ぼくはこのところ、この「情」という言葉に、ずっとこだわり続けているのだ。「愛」より「愛情」が大事、「友」より「友情」が大事、「熱」より「情熱」が大事、と、ずっと言い続けてきているのである。

「情」は湿っている、古くさく、新派的な響きがある。浪花節や演歌の世界という感じもある。しかし、「情」は人間感情の下半身であるとぼくは思う。「感情」「情操」「情緒」どれをとっても、いまいちばん欠けている感覚なのだ。

以前、「なぜ人を殺してはいけないのか」という問題が波紋をよんだことがあった。もともとはテレビの討論番組のなかでの、一少年の素朴な発言が発端である。

ぼくも偶然、その番組を見ていたのだが、それはかなり衝撃的なシーンだったと思う。討論の途中で、一人の少年が、少しの悪意もなく、また、屈折した表情でもなく、こう発言したのだ。

「でも、どうして、人を殺してはいけないんですか」

彼の口調が素直であればあるだけ、その衝撃度は大きかった。無邪気《むじゃき》、といっていい表情でその少年は発言したのである。本当に不思議に思い、自分の正直な疑問を正直に尋ねたという感じだった。

その場を仕切っていた何人かの大人のパネラーが、唐突なその質問に対して、すこぶる困惑していたのは当然だろう。それはルール違反といっていい発言だったからである。

「人を殺してはいけない」

という前提の上に乗っかって討論が成り立っていたわけだから、その質問のインパクトは、かなりのものだった。

その番組をめぐって、さまざまな論議がくり広げられ、「なぜ人を殺してはいけないか」という質問に対する、さまざまな考えかたが発表された。

しかし、どれも本当にその質問者の少年を満足させる回答にはなっていなかったように思う。

その疑問は、全員がひそかに心の奥深く抱いていた無意識を、無邪気にあばいて見せた共通の疑念だったからである。

そして時間が経《た》ち、その質問とそれをめぐる論議も風化していった。

しかし、いまだにそのラディカル（根元的）な質問に対する回答はできていない。そもそも答えることのできる問題ではない、という意見もあった。

「そんなことを言うやつは、頭をぶん殴ってやればいいんだよ」

と、大人の感想をのべる識者もいた。また、

「他人の痛みを理解しよう」

とか、

「自分の命が大切なら、人の命も大切」

とか、

「お前は殺されてもいいのか」

と、いった発言も多く見られた。

「人を殺すことは、どうしていけないんですか？」

という少年の質問に、

「てめえだって殺されたかないだろ！　この阿呆！」

と、怒鳴りつけるというのは、よくあるケースである。ぼくはこういうオヤジ的対応は、一見、自然に見えてじつはかなり無理していると思う。

むしろ、

「ウーム」

と、絶句して、言葉が出てこないほうが人間らしい。

そもそも、こういう質問に論理的に答えるなどということは、無理なのである。よくある回答のタイプは、

「きみも他人から足を踏まれたら痛いだろう。イヤだと思うだろう？　だからほかの人の足を踏んじゃいけないんだよ。わかったね」

と、いうステレオタイプの答えかたも、なんとなく独りよがりの感じでいやだ。

「なぜ人を殺してはいけないのか？」

と、いう質問に答えるのは世間の常識ではない。道徳の理念でもない。実利主義でもない。

それに答える道は、じつはひとつしかないのである。

それは「宗教」的発想というものだ。

ぼくがあえて「宗教」と言わず、「的」と言うのは、いま世にある「宗教」なる言葉が、

あまりにも汚れて、不快感しかあたえない存在だからである。

「殺すなかれ」

と、いう言葉は、プロセスや論理を超えた力がある。

「神がさだめたもうたことだから」

と、うなずけば、それで十分なのだ。

仏教には、

「殺生《せっしょう》はさけよ」

と、いう大前提がある。むやみと他の命をうばってはならん。虫も、木も、人もという断定がある。

「命は大切にしなさい」

と、宗教が教えるためには、プロセスの説明は必要がない。

「仏さまは殺生を好まれない」

と、言ってしまえば、それでいいのだ。そこが、宗教の発想の凄いところであって、世の常識や道徳など近寄れもしない強い点なのである。

## 寺は、自然と文化が一体化した空間

小学館ウイークリーブックのシリーズを書店で見て、つい二、三冊、買い求めてしまった。『室生寺』や、『法隆寺』、『当麻寺《たいまでら》』など、自分の記憶に残る寺のガイドブックである。

このシリーズを眺めていて、つくづく思ったことは、日本の風景というか、日本人のこころの原風景といえる景観がいま残されているのは、寺や神社にしかないのではないか、ということである。

この十年間、「千所千泊」と称して、各地を歩き回る日々が続いた。しかし、そんななかで、日本人の原景と感じられる風景が、いかに少なくなっているかを、しみじみ思わずにはいられなかったのである。

寺と社《やしろ》、この二つはすでにぼくたちの心の支えではなくなっているかに見える。観光地としてしか存在しないかのようだ。

しかし、あらためてふり返ってみると、寺と神社の風景を除いて、この列島に自然と文化が一体化した空間は、ほとんど失われてしまっているのではないか。

かろうじて寺と神社を囲む風景のなかに、それが残されているような気がするのだ。ガイドブックを見て、どこかの寺や社を訪れる。それは信仰というより、もっとほかの物見遊山《ものみゆさん》の感覚かもしれない。しかし、訪れた地には、地霊とでもいうべき空気があって、それは訪れる人を感化せずにはおかないと思うのだ。

信仰なくして寺や神社を訪ねることは、かならずしも無意味ではない。無縁の人がそのとき期せずして有縁《うえん》の人となることもあるからだ。

「日本百名山」を訪ねる人は少くない。しかし、山だけでなく、寺や、神社を訪れることは、そこに何か貴重なものが隠されているように思われる。その地に立つだけで、何かが伝わる、ということがあるものだ。

かつてこの国では、講《こう》を組んで神社仏閣を訪れる旅が盛んだった。いまはツアー旅行、パック旅行だ。そして、雑誌はこぞって温泉やグルメ探訪の旅を特集している。

しかし、もともと旅は、神社仏閣に詣《もう》でるのが主旨で、その帰途、精進落《しょうじんお》としの嬉《たの》しみがひかえていたのである。いまはその後半だけをエンジョイする旅が花盛りだ。しかし、そこに古来の詣でる旅が加わることで、何かが生まれる、という気がするのだが。

# 「千所千泊」と「百寺巡礼」

●2003.7.5〜

## 「半島」への想い

能登《のと》へ行ってきた。本誓寺《ほんせいじ》という寺と、妙成寺《みょうじょうじ》という寺と、二つの寺を訪ねるためである。

能登へは、特別の思い入れがあった。金沢に住んでいたころからそうだったが、たぶん、半島というものについて、普通でない感覚があるのかもしれない。

若いころ、「半島の思想」というような偉そうなことを、よく書いていた。世界の動乱が、つねに半島からはじまっていることも、そのひとつである。そして、世界の半島のいろんな国を旅して回ったものだった。

ブルガリアは、バルカン半島である。『ソフィアの秋』、その他の小説を、ブルガリアを舞台に書いた。

スカンジナビア半島も、ぼくの小説の舞台によく使ったものだ。

『霧のカレリア』『白夜のオルフェ』『ヴァイキングの祭り』など、自分でも思い入れのある作品がいくつもある。

イベリア半島。

スペイン戦争については、一冊の本を書いた。またポルトガルを舞台にした『暗いはしけ』などという小説もある。

朝鮮半島は、ぼくの育った土地だ。そしてインドシナ半島、シナイ半島、その他の半島が、二十世紀という時代の大きな舞台となっている。

こんなふうに半島に興味をもつのは、自分でも不思議な気がする。大陸でも、島でもなく、つねにその中間にあって、ローラーのように戦争の舞台となってきた半島。

能登半島も、また、ぼくのそんな偏執《へんしつ》のひとつの土地だった。

能登は、かつてこの国の文化、産業、技術、流行、その他あらゆるものの前進基地であり、発信基地であった。

ユーラシア大陸、そして半島の文化は、日本の表玄関であった能登から列島に流れ入ったのである。

北前船《きたまえぶね》の黄金時代、日本海ぞいの北陸の土地は、日本の表街道だった。いまは、その時代のおもかげはない。

いつのまにか辺地とよばれるようになり、秘境能登というコピーも出てきた。歌謡曲にうたわれる能登は、酒びたりの老人の住む、わびしい辺境の地のイメージがある。

しかし、能登は、かつての力強いエネルギーを、まったく失ってしまったのだろうか？

一向一揆《いっこういっき》のころに、石山本願寺《いしやまほんがんじ》を支えたパワーはまだ能登に残っているのか？　小雨もようの北陸自動車道を能登へひた走る。

## ほの見える日本人の「こころの原型」

先週、新居浜へ行ってきた。四国へはかなり歩いているつもりだが、新居浜ははじめて訪れる町である。

「千所千泊」などと偉そうな宣言を、この「流されゆく日々」でしてから、何年経《た》っただろう。

年月は流れても、計画は一向にすすまず、この調子ではあと何年かかるのか見当もつかない。

それでも新居浜は「千所千泊」の七百七十番目の土地である。あと二百三十か所。めでたく「千所千泊」を終えるまで、はたして元気で旅が続けられるものだろうか。

「千所千泊」が終らないうちに、今度は「百寺巡礼」などという酔狂《すいきょう》なプランを立てた。二年間で百の寺を回ろうという、映像と出版の連動の計画である。

こちらのほうは週一回放映のノルマがあるため、いやでも休むわけにはいかない。

今年の春三月からはじめて、いまようやく十九寺を回り終えたところだ。来週は富山方向へ出かけて、二つの寺を訪ねることになっている。先週の阿岸《あぎし》の本誓寺と羽咋《はくい》の妙成寺が第十八番、十九番目の寺だった。斑鳩《いかるが》では中宮寺《ちゆうぐうじ》と法輪寺《ほうりんじ》を合わせて一回分として放映したので今週土曜日の放送が吉崎《よしざき》の本願寺別院、再来週十二日が永平寺となる。

こうして週一回のペースで、各地の寺を巡っていると、何かかすかに日本人のこころの原型のようなものが、ほの見えてくるような気がしないでもない。

それがなんなのかは、まだはっきりとは見えてこない。二年間かかって百寺を回り終えたときに、はたしてさだかに見えるものがあるのだろうか。いまはただ、手さぐりで旅を続けるしかなさそうだ。

先週、羽咋の妙成寺では、長谷川等伯の若いころの仏画を見た。じつはこの絵を拝見するのは、今回で二度目である。

有名な等伯の「松林図」とは、まったく趣《おもむ》きのちがった極彩色の作品である。

等伯がこの能登の地での仏画師の仕事からはなれて、大きな野心を抱き京都へ旅立つのは彼が三十代の半ばをすぎたころである。

海ぞいの旧道をゆけば「松林図」の構図を思わせる松林がわずかに残っており、かなたには山脈の影がかすんで見えた。天気のいいときには、その向うに白山《はくさん》も望めるという。まばらな松林は、海風のせいで等伯の絵にそっくりな姿で斜めに傾いていた。

## 古代はまさに国際交流の時代

『百寺巡礼』のエッセイ版と、ガイド版の二冊がようやくできあがって、手もとに届けられた。

自分で言うのもなんだが、両方ともなかなかのでき栄えである。もちろん、それは見た目や、手に持ったときの感触のことで、文章のほうはこれからじっくり点検し、反省しなければならない。

ガイド版のほうは、まず、写真がいい。井上博道、戸澤裕司のお二人の写真は、ガイドブックではめずらしい作品性をもって、見る側に迫ってくる。

これまで寺とか、仏像とかいえば、当然のように土門拳《どもんけん》の名前が浮かんできた。最近では、当代の巨匠といわれる人気写真家も、寺や仏像ととり組んでいる。

しかし、奈良に腰をすえて数十年間じっくり寺をとってきた井上さんの写真は、さすがというかなんと申しますか、年季が入っている質量感がひしひしと伝わってくる。

一方、若い（若くもないか）戸澤カメラマンの写真には、いきいきしたエネルギーと、現代的な感覚がキラキラ光っていて、これまで朝日系グラフ誌で活躍していたころの作品とはひと味ちがった軽やかさ、切れ味のよさがあふれていると思った。

旅のガイドとしてもこの本はとてもよくできていると思う。まず文章が読みやすく、レイアウトが読者に親切だ。それに地図その他のイラストレーションが、すこぶる平明で実用的なところもいい。全体に気くばりのとどいたガイド版になっていて、それでいてアーチスティックな写真が、ただのガイドではない単行本としての魅力も感じさせる。

だいたいこの手のガイド本は、実際に足で歩いたスタッフの努力の結晶であるべきであるのに、どうもそのエネルギーが感じられないものも多いのだ。他誌からの孫引きがしばしば目立つのも、ガイド本の特徴である。

しかし、この講談社版『百寺巡礼・ガイド版』には、そういうところがまったくない。寺の近所のスポットの紹介にまで、スタッフの努力と好奇心があふれている。

第一巻が《奈良》篇で、室生寺、長谷寺、薬師寺、唐招提寺、秋篠寺、法隆寺、中宮寺、飛鳥寺、当麻寺、そして東大寺、と、名だたる寺がずらりと並んでいるヴォリュームに迫力がある。こういうのを手前味噌というのだろうが、率直に感心したので、手放しでほめることにした。

『百寺巡礼』の第一巻に収められている十寺のなかで、ことに興味深く感じられたのは、明日香《あすか》の飛鳥寺《あすかでら》だった。

飛鳥寺は小さな寺である。田園風景のなかに、ぽつんと建っている目立たない寺で、東大寺や薬師寺のような豪壮で華麗なイメージはまったくない。

しかし、この寺は、本格的な仏教寺院としては、わが国、最古の建築であるという。しかも創建当時は、かつての法隆寺の規模をしのぐ広大な寺院だったらしい。

いま、本堂に安置されている飛鳥大仏は、大仏といっても、普通の寺の本尊とあまり変らないくらいの大きさである。

この大仏を、ぼくはなんとなく好ましく思って、しばらくその横顔に見入っていた。

かつて寺が荒廃していたころには、野ざらし、雨ざらしの姿であったこともあるという。見かねた人びとが四本の柱を立て、上に布をおおって雨露をしのがせたという伝承もある。

「雨ざらしの大仏」

と、いうのが、ぼくが勝手につけた飛鳥大仏の愛称だ。

この仏の顔は、東大寺その他の寺の大仏とちがって、ほっそりと知的である。ほかの仏の顔が知的でないと言っているわけではない。一般に肉厚で、でっぷりした印象が大仏にはあるのだが、飛鳥仏にはその肥満感がないところがめずらしい。

現存する像のオリジナルは、指先と、顔の一部であるとも聞いた。いたみがはげしく、改修に改修を重ねた結果が、そうなったのだろう。

寺の裏側が、かつての入り口であったようだ。そのあたりには、古代、広場があって、大和《やまと》の上流の若者たちが蹴鞠《けまり》をして遊んだ場所だという。

中大兄皇子《なかのおおえのおうじ》や藤原鎌足《かまたり》らが、そこで遊ぶふりをしながらクーデターの計画をねったのではないかと想像すると、大化改新が、ついきのうのことのように身近に感じられてくるのだ。

この飛鳥大仏や寺をつくったのは朝鮮半島から渡来した技術者たちだった。どこか慶州《キョンジュ》や扶余《プヨ》の風景と似た明日香の野に、彼らは巨大な建築をつくりあげたのだ。その気になって眺めると、ぼくが幼年時代を過ごした韓国の風土と似通《にかよ》っていることに気づく。古代はまさに国際交流の時代だったのだ。

## とりあえずきょう一日、そしてとりあえず明日

「千所千泊」と、「百寺巡礼」

ようやく七百七十番目を終えた千所の旅は、まだまだ続く。

「百寺巡礼」は、ようやく五分の一を歩き終えたところだ。このあと八十寺あまり。

はたして両方とも、無事に完走し終えることが、できるかどうか。体力は保《も》つのだろうか。気力は？

最近、身の回りに体調を崩す知人・友人が妙に多い。年からいえば仲間が老化するのは当然だろう。だが、ぼくよりはるかに若い友人たちのあいだにも、健康といえないケースが少くない。

病んだ時代に、人が病むのは当り前だ、とも思う。しかし、いつ自分も、という不安はどうしてもぬぐうことができないまま、日を過ごしている。

とりあえず、きょう一日。

そして、とりあえず明日、一日。

そんなふうにして物書き稼業を四〇年続けてきた。この「日刊ゲンダイ」のコラムの連載も、一日分のストックもないまま、その日、その日、書き続けてきょうまで続いたのだ。

こんど出た『百寺巡礼』の第一巻を手にとって、はたして十巻まで完結することができるだろうか、と思ったりする。もし、そうなったら奇蹟《きせき》のような気分だろう。おそらく二、三年後に『百寺』を回るなどという企画がもちこまれたとしても、迷いながら辞退したはずだ。自分の体力、そして感受性が、すでにそれだけの仕事に耐えられるかどうか、不安だからである。

インドでは、人生を四つの時期に分けたという。

学び、体をきたえ、一人前になるために努力する「学生期《がくしょうき》」。

社会に出て、結婚し、大いに働き、エネルギッシュに生きる「家住期《かじゅうき》」。

そして、仕事をリタイアし、家族とも離れて、独り人生をふり返り、思索と祈りに日を送る「林住期《りんじゅうき》」。

最後は死に場所を求めて、放浪の旅に出る「遊行期《ゆぎょうき》」。

ぼくは、年齢からいっても、まさにその「遊行期」の真っ只中にいる。『百寺巡礼』も、その季節にふさわしい旅だと納得する。旅の途中で倒れ、そこで世を去るのはぼくの夢である。つよく夢見れば、かならずかなう、と人は言う。しかし、現実はかならずしもそうではない。どんな結末であろうと、こちらに文句はないのだが。

2001年。熊本県の山間の小駅にて／撮影＝戸澤裕司

［語り下ろし］

# 限りある命のなかで

## はかなさゆえの魅力

「人間は生まれた瞬間から死へ向って歩いてゆく旅人である」と言ったのは、小林秀雄である。人間は誕生の瞬間から死のキャリアであり、八十数年の生涯を「死」という宿命を背負って生きていかねばならない。

私は七十一歳になったので、心拍数《しんぱくすう》一定の法則によるとあと五年の寿命という計算になる（『あと十年という感覚』参照）。もう何を言われても気にならないし、言いたいことが言える。その意味では非常にリラックスした気持になっているのだ。怖《おそ》れることが世の中になくなったような感じで、これも悪くないような気がする。

老いていくことを美化したり、逆に醜《みにく》くなっていくことだと考えるのはまちがいだろう。

老いていくことは大変なことであり、苦痛でもある。しかし、老いていくことのなかで、若いときには見えなかったものが見えてくる。

戦後の日本では「若さ」に対する価値観が絶対的であった。それは、復興経済を支える若いエネルギーが要求されたことによる。

しかし、二十一世紀になって、若さとエネルギーだけではない大人の知恵と、経験と、寛容の精神が求められるようになってきつつある感じがしてきた。

外国では、たとえば、フランク・シナトラとか、サッチモ（ルイ・アームストロング）のような歌い手とか、フォルクローレのユパンキのように年齢とともに深みが増し、六十歳を過ぎてから真価が認められるというような例が多いが、日本にはまだ、それがない。「若さ」というよりは、チャイルディッシュ（子供っぽさ）が大事にされる国ではだめだと思う。もっと成熟したものの大切さを日本人は認めなければならないのではあるまいか。

## 老いることは若さを失うことか？

世阿弥《ぜあみ》の『花伝書《かでんしょ》』のなかに「時分《じぶん》の花《はな》」という言葉が出てくる。一時の・その時・当世ふうのという意味である。美しい青年が能を舞えば、芸は拙《つたな》くとも、その若さと美しさの香りに人は酔いしれる。だけど、そういうものは長続きしない。その人が三十歳になり五十歳になり、そして七十歳になるとともに若さとは無縁な存在になるのだから、それでもなお人びとを感動させるような芸の力をきちっと養わなければいけない。若さや美しさは「時分の花」であると、世阿弥は言っているのだろう。

けれども、その言葉にもう一歩踏みこんで考えてみると、そうはいっても枯れた芸と未熟ではあるが馥郁《ふくいく》と匂《にお》う若さの魅力のどちらがいいか。私の本音としては、枯れた芸はいいから若さの一時だけの艶《つや》やかさを見たいという気持があるような気がするのだ。「時分の花」というのははかないものだ。はかないけれどそのはかなさゆえに、なんとも言えない魅力がある。そこにはため息のようなものが聞こえてくるようだ。

たしかに若さにはたとえようもない魅力がある。若さを失っていくことの哀しみもある。だけど、老いることは若さを失うこととはイコールではない。

岡本太郎さんはピカソを超えることを生涯のテーマとして仕事をしていたが、晩年のインタビューのなかで「岡本さんはピカソを超えるという生涯の目標がありましたが、いかがです？」という質問に対して、彼は即座に「もうとっくに超えているよ」と答えたものだった。そう言えるのはやはり、年の功だと思う。百万人といえどもわれ行かん、という気持になれるのは、歳を重ねていくことによって得られる気概《きがい》のひとつである。

われわれが生きてゆく時代相をよく見ることも大切なことだ。いまが、冬なのか夏なのか、上り坂なのか下り坂なのか。太平洋戦争の直前に書かれた文章を集めた林達夫の『歴史の暮方』（中央公論新社）という本がある。終戦直後はひとつの夜明けだった。私は、いまという時代はふたたび『歴史の暮方』に向っているような気がしてならない。

暮れたあとに夜が来て、夜のあとにまた朝が来ることはまちがいない。私は朝が来るまでどうせ生きていないのだが。

私は「いま」の時代は刹那的《せつなてき》に生きるべきだと感じている。つまり「明日のことはわからない」という気持で生きてゆく時代だと思うのだ。きょう一日をどう生きるか、それを考える。きょうも一日が終わった、明日もまた一日を生きよう。そんなふうにして一週間が過ぎる。そして一か月が過ぎ、一年が過ぎ、というふうにして時が経《た》っていく……。

## 健康幻想について

死のキャリアとして生まれてきた人間にとって百パーセントの健康なんてあり得ないはずだ。ところが、いまは健康ブームというか健康志向が強く、非常にコンディションがよくて正常な健康体を求めるあまり、ひとたびガン細胞が発見されたりすると、どんなことをしてでもこの悪魔を除去しなければならない、と誰もが頑張る。しかし、ガン細胞は、ただ除去すればすむというものではないだろう。

たとえば、小学校のひとつのクラスに非行少年がいるとする。どうするか。ほかの生徒に悪い影響を及ぼすから転校させろとか、退学させろということではたして問題は解決するのか。どうしようもない子供に育ったとき、親がその子を殺せばそれですむのか。ガン細胞もそれと同じ問題なのだ。

ガン細胞も自分の体の一部であって、道楽息子のようなものではないのだろうか。

『がんの予防』（岩波新書）という本を書いた北海道大学名誉教授の小林博さんが、こういう意見を言っている。「人間の細胞は、いろいろな形で老いていく。汚染物質とか紫外線とかいろいろなものによって傷つき倒れていく。その倒れた細胞の代わりにガンバラなきゃといってガンバリすぎた細胞が、〈ガン〉として暴走するのではないか」と。

最近は、電子レンジさえも二メートル以上離れろとかいわれるが、それこそ携帯電話に代表される無数の電波が空中を飛びかい、われわれの肉体を刺し貫いている。そういう場所でわれわれは暮しているのだ。

小林博さんの意見から判断して、働きすぎ、あるいはブレーキが利かなくなり暴走した細胞が、助けてくれ！　と悲鳴を上げている状況がガン細胞の異常増殖ではないか、と私は考える。

そうすると、ガン細胞はたんに「悪」として排除すべき対象ではなく、細胞全体のために頑張って苦しんで、むしろかわいそうな存在といえるわけだから、それを抱えて共存する方法を考えなければいけないのではないか。

最近、野口晴哉《のぐちはるちか》さんの『整体入門』と『風邪の効用』（ともにちくま文庫）を読んだが、野口さんはそのなかで、風邪とか下痢は体の大掃除だと言っている。この考えには一理あると思う。

風邪と下痢は、人間の体がアンバランスになっているときに、バランスを取り戻すための回復作用なのだと野口氏はいう。バランスが悪いから熱が出たり咳《せき》が出たり、あるいは下痢をしたりする。何日か経って体のバランスを取り戻したときの爽快感《そうかいかん》は、たしかに得《え》もいわれぬものだ。上手に風邪を引き、正しく下痢をすることには、私も大賛成である。

病気を治す場合に、近代西洋医学では、人間をつねに平均化して見る。だから、売薬の用量を「十五歳以上」などというあいまいな決めかたしかできないのだ。一方では若い力士のように百数十キロの人間がいて、他方では、七十歳を超えて四十キロあるかないかのおばあちゃんがいる。その二人が同じ量の薬でいいわけがない。

もちろん、世の中にはある程度の基準（スタンダード）を決めないと、物ごとがうまく運ばない場合がある。しかし、われわれはこの社会に個我《こが》として生きているわけだから、こと医療に関しては平均的などということはあるはずがない。体質だって、一人ひとりちがうから薬の使用法もちがって当り前だろう。

医学はまだ発展途上にある。しかも、夜明けのほんのはじまりの段階だと思う。医者は、それを謙虚な気持で受け止める必要があるし、自分が習ったことが絶対だなどと思わないことが大事だろう。ヒトゲノム（人間の全遺伝情報）などという言葉が、テレビをはじめマスコミをにぎわしているが、人間の体の情報など、まだその百万分の一も解読されたかどうか。

医学の常識は、きょうの常識であって、明日の非常識かもしれない。だから、私は風邪を引いたくらいですぐ抗生物質に頼る安易な現代医療には反対だ。もっともっと自分の体が発する声なき声に、素直に耳を傾ける必要があるのではないか。

## 天寿を全《まっと》うする

親友や身近な人の死は淋《さび》しいことだが、「死」ほど自分がいま生きているのだということを認識させられることはない。

「ああ、そうだった。限りある命なんだな。自分もいつまでもこうして生きられるわけではないんだな」

と、いつも思い知らされる。

ふだんはそういうことを意識しないで暮しているから、知人の訃報《ふほう》に接して、あらためて「死」という人間存在の原点に、ふっと引き戻されるのである。

死の恐怖を感じたり、こんなふうな生きかたをして死んでしまっていいのだろうかと反省したり、また、人間は世の中やあるいは身の回りの自然などに支えられて生きているんだな、ということを実感させられる機会でもある。

人には天寿《てんじゅ》というものがあるような気がする。

あなたはこれだけ生きなさいと、その人間に与えられた「天命《てんめい》」とでもいうのだろうか。

三十歳で亡くなる人もいるだろう。病気がちで、あっちが痛い、こっちが悪いといいながら九十歳まで長生きできる人もいるはずだ。これがまさに、天寿というものだろう。

天寿とは一見不条理で納得がいかないことが多い。なぜあの人が九十歳まで生きて自分の親友は三十歳で死ななければいけないのか。銀のスプーンをくわえて生れてきて、能天気に生きて孫に囲まれて最後まで幸せな人生を送る人もいれば、極貧の家に生れて、貧困と差別と闘いながら、真面目《まじめ》に真剣に生きたけれど、不遇のまま亡くなる人もいる。

世の中はバランスがとれて、幸・不幸がそれぞれきちんと配分されているわけではない。強く夢見ても実現しないこともある。

聖徳太子が最後に「世間なんていうものは無茶苦茶で、ひどいものだ。どうしようもないものだ」という意味のことをいって亡くなったことはよく知られている。

やはり世の中は不条理だと思う。私も生まれてこのかた、そのようなことをさんざん見せつけられてきた。

アルベール・カミュも『シシフォスの神話』のなかで語っているように、人間というのは重い石を背負い、山の上まで運んでいったら、ごろごろとその石が落ちる。またその石を担いで登っていく。やっと頂上に置いたとしてもまた賽《さい》の河原に落ちていく。

かならずそうなるとわかっていてもそれをくり返して生きていくのが人間の尊厳なのだ、という考えかたは大事なことだと思う。

「歳をとってよかったと思いますか」と問われても、私は「いいこともあるし、悪いこともある」としか答えようがない。

それでも、私は、いま七十一歳になって、この二十世紀から二十一世紀の転換期の一刻一刻を興味をもって見つめている。少しでも長く生きて、この時代の変転を眺めてみたいのだ。

2001年。博多港にて／撮影＝戸澤裕司

2001年。熊本県の球磨川沿いを歩く
／撮影＝戸澤裕司

[語り下ろし]

# 「寛容」ということ

## 「文明の衝突」のリアリティ

アメリカの国際政治学者サミュエル・ハンチントン（米ハーバード大学教授）が、一九九三年に発表した論文「文明の衝突」（『フォーリン・アフェアーズ誌』）は、二十一世紀に対する予感を大胆に語ったという意味で評価が高かった。

冷戦時代は、世界はおおまかに「自由世界」、「共産圏」、そして「第三世界」という三つのグループに分かれ、政治やイデオロギーによって国家間の協力関係や敵対関係が決まったが、現在は、文化ないし文明という要素によって国家の行動が決定される傾向が強まり、おもに世界の主要な文明ごとに国家がまとまっている。すなわち、西欧文明・イスラム文明・東方正教会文明・中華文明と、それぞれの文明ごとにグループができているというのだ。

そして、これらの文化ないし文明を担《にな》った民族と宗教の対立と衝突の時代になるという予言に対しては、「そうだ、そうだ」という賛成意見と、いや、そんなことはないという反対意見、つまり、偉大な思想家の予言というよりはハッタリじみた考えだ、という見かたもないではなかった。

最近よくハンチントンの「文明の衝突」からの引用が見られるようになったのは、やはり、アメリカのアフガニスタンやイラク攻撃以来の世界情勢の変化、そしてこのような傾向がさらに進んでいくかもしれないという危惧感《きぐかん》からだと思われる。

イラク攻撃のとき、大量破壊兵器や化学兵器など、いろいろな問題がさまざまに論じられたが、そのなかでも論議を醸《かも》したのは、ブッシュ大統領の十字軍発言だった。

この発言に対し、アラブ・イスラム世界からは強硬な反発が起こった。彼らのなかに、反十字軍意識が長い時間を経《へ》たいまも、根強く生きていたのだった。

こうして現在の世界情勢を見ると、ハンチントンのいう「宗教の衝突」が、あるリアリティを帯びて迫ってくる。

## 「セファルディの音楽」のもつ意味

たまたま私は、ヨーロッパ中心のメジャーな音楽ではなく、第三世界の音楽に興味をもって調べているうちに「セファルディの音楽」というものに行き当たった。

十五世紀末、イベリア半島の南部を支配していたイスラム教徒を、北部のキリスト教徒

（カトリック）のフェルナンド王とイザベル女王の軍が滅ぼして領土回復《レコンキスタ》をはたし、キリスト教王国をつくったが、それと同時に、国内のユダヤ人に対してはユダヤ教を捨ててカトリックに改宗するか、改宗しない場合は国外に追放するという政策を打ちだした。この政策によって、キリスト教に改宗しなかったユダヤ人たちの大多数は、イベリア半島を逃れて、まるであふれた水が地面に拡がっていくように四散していったのである。

南部グラナダのアルハンブラ宮殿に象徴されるように、イベリア半島にイスラム芸術の黄金時代を築いたその構成要素のなかにはユダヤ的なものも含まれていて、それが独特な文化を醸《かも》しだしていたのだった。

そういう文化の伝統を引き継いでいたユダヤ人たちがイベリア半島から追われたわけだが、そのなかの吟遊詩人《ぎんゆうしじん》たちを「セファルディ」といい、彼らが流浪《るろう》の旅の途上で奏でた音楽は「セファルディの音楽」とよばれている。

この「セファルディの音楽」は、ある意味ではマイナーコードの音楽世界とメンタリティを共有していて、バロック音楽以後に確立されていくヨーロッパ音楽とはまったく異なったものだった。

「セファルディの音楽」は、ギリシアからバルカン半島を通って、クリミア、中欧、東欧、北欧などヨーロッパ各地に向い、さらにアルメニアからロシアに入っていくという形で拡がっていく。

## 一神教的な考えかた

そうした文化の流れとともに、ユダヤ教とイスラム教そしてキリスト教の対立が深く進行し、二十一世紀になって表面化してきたのだと思う。

パレスチナ問題を見てもそうだが、背景には、絶対一神教的なものの考えかた、感じかたのあることはまちがいない。

日本の代表的なクリスチャンの曽野綾子さんは、「それは通俗的な見かたで、聖書には〝汝の敵を愛せよ〟と教えているではないか」と、きっぱりと「一神教の対立ではない」とおっしゃっている。

けれども、絶対唯一の神を精神の基盤にもつ文化の本質として、それ以外のものは、やはり正義ではない。キリスト教は〝汝の敵を愛せよ〟という寛容さをその教えの本質としながら、その周辺に、それとは反対の安易な誤解による亜流の大集団を産んでいる。

唯円《ゆいえん》の書いた『歎異抄《たんにしょう》』を「いい加減な人たちには読ませるな」と蓮如がいっていたのは、親鸞の「悪人正機《あくにんしょうき》」という革命的な考えかたが、当時のごくごく一般的な人びとには、「悪いことをしても仏様に許される」と受け取られ、ということは、どんどん悪いことを重ねれば早く浄土《じょうど》に行ける、という極端な誤解につながり、当時の生き地獄のような時代に伝染病のように拡がっていったからだ。

それと同じように、すべての人がかならずしもその本質を正しく理解できるわけではない。つまり、「わが神、尊し」といい、他を異端とする風潮は、つねに一神教的な文化の背景にはあるのだ。キリスト教のなかでは、魔女裁判を含めて異端審問《いたんしんもん》の流れがずっと続いていたではないか。

そういう通俗的な一神教と同時に、一方では原理主義的な一神教が生まれてくる。

アメリカ合衆国のブッシュ大統領はキリスト原理主義（的）教徒で、毎日五時に起きてバイブルを読み、ひざまずいて神に祈ることを日課にしていると、新聞にも出ていた。イラク戦争のとき、ペルシャ湾に向った空母にも従軍牧師がたくさん乗りこんで、兵士たちが自分たちのイラク爆撃は神の教えに背《そむ》いていないのだろうか、という悩みに応対することもやっていたようだ。

このように現実を見ていると、宗教が新しい人間関係の融和とか愛とか平和に寄与するものではなく、逆に宗教のマイナス面というか、暗黒面が鮮明に浮き出てきて、それが最近の世界情勢を動かしているという気がしてならないのだ。

## 日本人の宗教観

日本の多くの家庭には神棚と仏壇があり、日本人の日常生活のなかに神様と仏様が同居しているのはよく知られていることだ。神宮寺《じんぐうじ》などというものもあって、寺と神社がほとんど区別のない形で存在していた時代もずいぶん長い。インドの神様である帝釈天《たいしゃくてん》が、仏様として東京の下町の、たとえば寅《とら》さんの故郷の柴又《しばまた》に祭られているといった具合だ。そういえば昔から八百万《やおよろず》の神といわれているが、それほど多くの神様がこの小さな日本にけんかもせずに同居している。

これはシンクレティズム（神仏習合）といって、いままで西欧の近代社会からは厳しく批判されてきた。つまり、神なのか仏なのか、はっきりさせろと。厳密なカテキズム（教理問答）を通して達成される神学をもっていないのではないか、と。

そして、結婚式は教会で、葬式はお寺で、家を建てるときは神官がお祓《はら》いするという、日本的なシンクレティズムが、これまで日本人の精神のアキレス腱《けん》といわれていた。

シンクレティズムと自然界のあらゆる事物に神々が宿るというアニミズム（原始精霊崇拝《げんしせいれいすうはい》）は、両者とも前近代的な意識であり、克服されねばならない「悪習」とみなされ、加えて、われわれ日本人の曖昧《あいまい》さの象徴とされ、これをコンプレックスとして抱えこんできた。

このことは、誰もが感じつつも、明治以来ずっとこころのなかに引き継がれてきたのである。

しかし、この日本人の宗教的曖昧《あいまい》さは、私は、むしろそれぞれの宗派の背後にある絶対者というか、宇宙の根源の光というか、そういうものを大事にすることの結果なのだと思う。たとえばそれは、「本地《ほんじ》垂迹説《すいじゃくせつ》」という形で出てくる。わが国の神は本地である仏や菩《ぼ》薩《さつ》が人びとの救済のために姿を変えたものだという神仏同体説がいわゆる「本地垂迹説」で、つまり、神様はいろいろいるが、すべてお釈迦様なり仏様の化身なのだという考えかただ。

余談だが、おもしろいことに、これはヒンドゥー教の教えとまさしく同じなのだ。ヒンドゥー教は基本的には一神教だが、多神教的な考えかたをもっていて、彼らは仏教も自分たちヒンドゥー教の一派だと考えている。

## 日本人の大きな知的財産

いま、ここで一神教的対立の世界がはっきりしてくると、曖昧さとして否定されてきたシンクレティズムや多神教的な寛容の精神こそ、一神教的対立の世界に対する解毒剤としてはもっとも有効な思想ではないかと、私は思う。

二十一世紀最大の政治テーマである「環境問題」に対するアメリカやヨーロッパの対応の行き詰まりも、その背景にある一神教としてのキリスト教的文化思想に原因があると思う。

一神教とはつまり、宇宙には階級があり、絶対神がいて、神の子がいて、天使がいて、聖人がいて、人がいて、動物がいて、植物がある。そして階級の高いもののために、下位のものは奉仕すべきだ、という思想である。ルネサンス以来、動物にしろ、植物にしろ、鉱物資源にしろ、人間の生活を豊かにするために利用することは「正当」であり、自然改造は「善」であると考えるのだ。

これ以上水を汚したり、木を伐採《ばっさい》して環境を破壊すれば、大事な人間の生活そのものが危うくなる。人間の世界を豊かにすることは、神のミッションを実現することである。だから、その人間の生活をきちんとコントロールしていくために、動物や植物、地球上の物質や環境を荒らしてはいけない、となるのである。

これに対し、未開社会の思惟《しい》であるとされていた、木にも岩にも海にも神様がいる、マタギが山に入るときは注連縄《しめなわ》を張り供《そな》え物をするとか、熊祭りに見られる動物崇拝など、人間に奉仕するための動植物や自然環境という考えかたとはちがったものを日本人はもち続けてきた。

エベレストの頂上に立つことによって自然を征服し、人間に偉大さを証明したヨーロッパに対し、日本の富士登山は修行であった。「六根清浄《ろっこんしょうじょう》、六根清浄」と唱えながら山を登る。それはお山に詣《もう》でるのであって、山の霊気に触れて自分の魂を浄める行為として、たとえば、チベットの人びとが五体投地《ごたいとうち》をしながら、何年もかけて聖山カイラスの周辺をぐるぐる回るのと同じ自然崇拝であった。

また、日本では、使い古した櫛《くし》を山のように集めて燃やして供養《くよう》するとか、鍬《くわ》供養といって畑を耕すときに駆除したミミズやオケラとか害虫とか、そういう虫たちを供養するために、鍬を集めて燃やした。

それは本覚《ほんがく》思想といわれる。仏教思想のなかで「山川草木悉有仏性《さんせんそうもくしつうぶつしょう》」といって、地上に存在するすべてのものに仏としての本性《ほんしょう》が宿るという考えかただ。

こういった多神教的なものの考えかたから、日本人はきちんとしたアイデンティティをもっていないといわれる。日本では「〇〇株式会社に勤めています」とか「公務員として政府に所属しています」ということが、アイデンティティだと誤解されているようだが、それはＩＤカードの世界であって、アイデンティティとは、つまり「あなたはどの神を信じていますか？」という問いに対する答えでなくてはならない。「私はモスリムだ」とか、「彼はブディストだ」という答えでなくてはならないのだ。

アメリカでも、日曜日に教会へ行く人は、最近どんどん少くなっているそうだが、にもかかわらず、大統領が就任するときはバイブルの上に手を置いて宣誓するし、航空母艦が出撃するときは、牧師が「神に祝福されたる者よ、行きなさい」というスピーチを行う。

裁判劇で、証人が宣誓をするときには、いつも最後に「フォー・ゴッド」とか「トゥ・ゴッド」と言っているが、誰に対して「真実のみを語ることを誓います」と言っているのかは明らかだ。日本語の翻訳ではそこを落としているが、アメリカの司法制度は、すべて神に対して真実を語るという基盤をもっているのだ。

いま、パレスチナとイスラエルの問題、そして十字軍対イスラムといった対立と混迷のなかで、唯一日本人だけが、融通無碍《ゆうずうむげ》な、ある意味で無色透明で困ってしまうような寛容な宗教感覚を養ってきた国民ではないだろうか。

この日本人の曖昧さを「美」と感じる人もいれば、もちろん批判的な立場をとる人もいる。だから、いま、日本人の曖昧さのなかに流れているものを、きちんと思想化していくことが必要だと、私は思う。

二千年にわたって神と仏が融通無碍な形で同居してきたことは、ひとつの奇跡に近いできごとだった。その意味では、日本人はものすごく大きな知的財産をもっている。

## 浄土真宗の特異性

多神教的な性格をもつ日本の宗教のなかで、親鸞にはじまる浄土真宗は、ごくごく稀な一神教的な性格をもった宗教である。だから、一向宗《いっこうしゅう》ともよばれたわけだが、阿弥陀如来《あみだにょらい》一仏《いちぶつ》という。

ただし、この弥陀一仏《みだいちぶつ》も、明治以来の日本の仏教革新運動で大きな役割を果たした京都の近代真宗教学者の金子大栄《かねこだいえい》さんの説では、浄土真宗は、選択的な一神教だといわれている。

選択的ということは、そこには大日如来もいる、薬師如来もいる、法蔵菩薩《ほうぞうぼさつ》もそれこそいろいろな仏様がいるし、神様もいるが、そのなかで阿弥陀如来が自分にいちばんふさわしい仏様だと選択したということである。

選択したが、それは他の仏様や神様、つまり他の宗教を認めないということではない。私は、この選択的な一神教というところを大事にしなければいけないと思う。

イスラム教やユダヤ教やキリスト教は唯一の神だから、他の神は存在しないのである。そこが絶対的にちがう。

お寺を回ってみると、本当にいろいろな仏様がいて、奈良へ行くと神道も仏様と仲良くやっている。昔は南都《なんと》六宗《ろくしゅう》といって、法相《ほっそう》宗や華厳《けごん》宗など多くの宗派があり、それを、ぎくしゃくせず円満に受け止めた日本人のこころには、曖昧《あいまい》さだけでなく、きっとトレランス（寛容）の精神があったような気がする。

島国の日本では、絶対唯一の自分の神をもって徹底的に戦っていくと海に落ちて死ななければならないという地理的な条件もある。国外に逃亡することができない。そうすると狭い土地のなかで、多くの国々から入ってきたものを全部融和させなければ生きていけない歴史と文化をもった国にならざるを得なかったわけだ。

このような日本が二十一世紀において、この特性をどのように生かしていくかが、いま問われているのである。

## 免疫システムがもつ「寛容」の働き

二十世紀の中ごろまで、免疫は、脳や心臓といった医学の最先端の分野に比べると、辺境というと失礼だが、あまり充分に研究されていなかったように思う。

ところが、最近その免疫の研究が進むにつれ、免疫細胞の働きがたんなる外部からの異物を拒絶するだけではないということがわかってきた。つまり、拒絶するためには自己と非自己を峻別《しゅんべつ》しなければならないが、非自己を決定するには、まず自己を確定しなければならない。

免疫の第一歩の働きは自己を確定すること。唯一無二の自己、他とちがう自分だけの自己である。これはいわば、アイデンティティの決定なのである。

自分とは何か、を決めるのは免疫の働きだということになると、免疫が、がぜん哲学の領域にまで踏みこんでくる。我とは何かを決定し、そのことによって、他から入ってきた異物を、これは自己ではないと判断し、拒絶するのである。

免疫が、拒絶の背景に自己を決定する働きをもっているということがわかり、その後、研究が急速に進んだ結果、また驚くべきことがわかった。

それは免疫が、「寛容」という働きももっているということ。

母親にとって、ゲノム（生物の生存を可能にする最小の単位）的には非自己である胎児が、それにもかかわらず、免疫によって拒絶されない、排除されないということは、免疫の働きのなかに、非自己を「拒絶」すると同時に、非自己を抱合して受け入れる「寛容」の働きがあることが、遺伝子の研究が進むにつれてわかってきた。このことによって、免疫が医学の分野だけでなく、思想上の大きな問題として浮上してくるのである。

たとえば、かつて西ドイツが戦後、トルコの移民を受け入れて、その安い労働力によってフォルクス・ワーゲンに代表される自動車産業をはじめとして国の復興に役立てたのだが、東西ドイツの統合後不景気に襲われ、外国人労働者を排除する運動が起こった。その排除運動のなかで目立ったのは、ネオ・ナチとよばれるグループだが、彼らの活動の論拠のひとつが、免疫の働きだった。

非自己を拒絶し排除するのは、人間の自然な働きで、これは宇宙の論理であるから、非自己であるトルコ人を拒絶するのは当然だ、という主張である。

ところが、「寛容」という働きを免疫がもっていることがわかり、非自己を百パーセント否定するのではなく、あるものに関しては例外的に非自己であってもそれと共存しうるという事実がわかったとたん、ネオ・ナチの論理は破綻《はたん》するのである。

この免疫のもつ「寛容」の働きこそ、二十一世紀の社会を動かすキーワードとして大きく浮上してくるのではないかと、私は思う。

ハンチントンの言う宗教の対立は、絶対に妥協できない対立のような印象を受けるが、キリスト教のなかにも拒絶と同時に「寛容」の働きがあるのだ。曽野綾子さんはそれを力説なさっているのだと思う。

ただ、やはり聖書のなかの「汝の敵を愛せよ」という言葉には引っかかるものがある。「左の頰《ほお》を打たれたら右の頰を出せ」というわけだが、いまの考えかたは「左の頰を打たれる前に（相手の）右の頰を打て」ではないか。ブッシュのイラクに対する先制攻撃というのは、そういうことなのだと思うけれども、それをキリスト教では排除できない。

信仰というのは、その思想を百パーセント正確に実行できるかできないかで大きく変わってくる。できるとすれば原理主義的な方向に傾きがちであり、できないとなると、通俗な十字軍的発想におちいる。

## 経済の世界にある宗教の論理

宗教というものは、非常に危《あや》ういものだ。しかし、免疫の働きがないと唯一の自己を決定できないように、宗教がなければ世界の存在の意味を決定できないのである。

経済の話になるが、かつて倫理学の教授であるアダム・スミスが、市場原理として自由競争を認めたわけだが、自由競争というのは強いものが勝つ。だから、場合によっては弱肉強食の修羅《しゅら》の巷《ちまた》になりかねない。

しかし大丈夫だ、そのように市場が大混乱を起こすときにはかならず「インビジブル・

ハンド・オブ・ゴッド」（見えざる神の御手）が働いて、市場の秤《はかり》をちゃんともどしてくれる、株価が上がりすぎたら力は反対の方向に働き、神の御手がそれを支える、だから自由競争のままに市場原理に任せて、政府などが関与しないほうがいいのだ、という考えかただ。つまり、その根底にあるのは一神教的な神への信頼である。

近代資本主義は、このように宗教とともに歩んできたのである。

たとえば、インドのジャイナ教の信者たちは、動物を殺すことを徹底的に否定する。牛を殺すことになるから農業もできない。漁業も絶対やらない。となると、何ができるか。動物を殺さないで生計を立て利益を得る方法としては、金融しかないと考えるわけだ。現に彼らは長い金融業者としての歴史をもっていて、いま、インドの金融業界の大半を牛耳《ぎゅうじ》っているのはジャイナ教徒だといわれている。

ユダヤ人たちは国なき民として、政変のときには財産をもっていても意味がないから、まず語学をマスターする。そして、医学や法律、音楽など、つまり、どこに行っても価値の減じることがないような、いわば技術を子弟たちに教えこむ。

このように、経済の世界にも宗教の論理が大きく働いている。

## 「魂」なき経済の暴走

では、日本の場合はどうかというと、明治以降「和魂洋才」でやってきた。もちろん、洋才には洋魂が必要なのだが、とりあえず代用品として和魂を入れたことによって近代化に成功したわけだ。「魂」のない「才」はないと考えた伊藤博文《いとうひろぶみ》たちは先見の明があった。ところが、戦後はどうしたかというと、国家神道はだめだ、天皇制はだめだ、だからといってキリスト教に改宗するわけにはいかないから、「無魂洋才」というシステムでやってきた。

車でいうと、経済が加速度を増していくエンジンなら、政治はハンドル、宗教はブレーキである。「無魂洋才」とは、このブレーキを車から外してしまったということだ。

戦後日本の急激な復興は、朝鮮戦争特需《とくじゅ》や日本人のもともとの勤勉さもあろうが、ブレーキのない車の身軽さからくるものともいえる。

しかし、ブレーキのない車はどうなるか。暴走し、加速し続ける車をハンドリングだけでは操作することはできなかった。バブル崩壊とは、結局の話、ブレーキをもたなかった車の末路だったということだろう。

ふたたびいう。宗教は社会に対するブレーキである。社会的進歩に対してブレーキをかける役割をもっているから、一見反社会的に見える場合もある。政治と逆の立場に立ったり、社会の道徳的要求に反することもある。

もし、イラク戦争とその後の復興に対し信者は何をなすべきか、という質問に対し、親鸞ならどう答えるか。おそらく親鸞は「ただ念仏すべし」というだけだと思う。「ただ念仏すべし」とはどういうことか。ある意味では何もしないことなのだ。それでいいのか、といわれても、親鸞は「ただ念仏すべし」というだろう。

〈われもって善悪というものは存ぜず候〉

何が正義で何が悪か。フセインがまちがっていてアメリカが正しいとか、その逆だとか、それは自分たちの知ったことではない、といっている。キリスト教でも〈復讐するは我《われ》にあり〉、つまり裁くのは神であって、お前たち人間のすることではないよ、といっているではないか。

この大きな宗教というブレーキが浮上してきて、われわれはそのことをよく考えなければならない時代に入っている。

## 二十一世紀の「日本人の役割」

このような時代において、われわれ日本人が今後どういう役割を果たせるか。

たとえば、アフガニスタンやイラクの復興のために、通常いわれている経済援助や人的支援なども当然必要なことだろう。しかしそれと同時に他国にはできない援助の方法を考えることも重要なのではないだろうか。それは、精神的な援助ではないかと、私は思う。そして、日本人にはそれができるのだ。

日本人は大きな精神的資産をふたつもっている。そのひとつは、宗教的な自由さであり、もうひとつは、自然や人間に対する畏敬《いけい》の念。つまり、シンクレティズムとアニミズムだ。二十一世紀では、日本人のアキレス腱といわれた一見前近代的なこのふたつの思想の重要性が見直されてくるはずだ。

しかし、この思想の重要性は、まだ理論化されていないので、それを急ぐ必要がある。「民族の対立と衝突」から、「民族の融和と寛容」へ。それが二十一世紀という時代のもつ責務だろう。

われわれは、対立と衝突を手をこまねいて見ているのではなく、もともともっていた日本人の寛容のこころ、そのこころを力として世界に大きく寄与できる。

マイナスと思われたものを逆に見直して利点と考えることを、私はずっと言い続けてきたのである。

［語り下ろし］

# 趣味を通じて自分に出会う

## 直感を磨く

二十一世紀は「個」の確立の時代だと私は思う。科学や技術の進歩に振り回されないで、自分の精神の独立が獲得できるかどうかが、私たち個々に課せられたテーマだと考えている。

このように書くと堅苦しくなるが、つまりは個人として人間らしくこころ豊かに生きるにはどうすればいいかということを模索《もさく》する時代だということである。

そして現代は、まさに情報化時代である。人間の社会生活における情報がいかに重要であるかは誰でも理解していることだ。しかし、その情報はあまりにも多すぎて、時として人間は誤った情報に左右されるおそれがある。情報にばかり気をとられていては、こころ豊かに生きることは難しいのではないか、と最近思うようになってきた。では、どうすればいいのだろう。

私は、最近、新聞を読まないようにしている。それは意図的に情報をシャットアウトすることで、自分の直感を磨《みが》き、大切にしようとする試みにほかならない。

人間は自分の直感をいろいろな情報によって修正してしまうことがよくある。情報が多ければ多いほど、自分の気持が揺らいでいき、それは時として誤ることがあり、また危険でもある。あとから考えて、あの情報はどこかまちがっていたのではないか、と思うことがよくある。だから、私は直感の修正作業をしないために、情報を遮断《しゃだん》するようにしているのだ。

たとえば、どこか体の調子が変だと感じて医者に診てもらうとする。「どこも悪いところはありませんよ」と言われて、そのときは一応安心する。でも、やはりどこか変だなと感じている。人間の体は正直なものだと思う。そして、その「変だ」と感じているその感覚は絶対に正しいのだ。

しかし、それでも、医学が進んでいる国の新しい研究によって生まれた新薬を、「これはよく効きますよ」とすすめられたら、われわれはそれを受け入れてしまう。医者に対して反論できるほどの知識がこちらにあるわけもない。

私が、どのような情報も、まず疑ってかかるようになったのは、自分の体験に根ざしている。と同時に自分の直感にこだわるのも体験にもとづいていることはいうまでもない。情報というものは意図的に操作されることはこれまでにもよくあったし、これからもますます多くなると考えられる。

手探りで生きていくというのも、この刹那的《せつなてき》な時代のひとつの知恵かもしれない。自分の触れたものしか信じないということは、非常に狭い生きかたであるように見えるけれど、では、あり余るほどの情報を手にした経済専門のアナリストといわれる人たちの判断にまちがいが多いのはどういうことなのだろうか……。

## もうひとつの生きかた

はじめにも言ったように、個人として人間らしくこころ豊かに生きるということは、たしかに現代においても簡単なことではない。

ただ、『徒然草《つれづれぐさ》』のなかでおもしろいことが書かれている。簡単にいうと、いまの世の中がこのままずっと続くんだというしっかりした信念がなければ金持ちになれないということだが、それはたしかだろう。いま、経済活動をしてたくさんのお金を貯える人は、この資本主義というものに、少しも疑いをもたない。金（ゴールド）はどんな時代にでも価値をもっていると信じている。

お金がこころの豊かさとつながっている人はそれでいいのかもしれないが、私はべつに金持ちになることを目標に生きているわけではない。時の流れ、時代の移り変わりの一刻一刻を興味をもって見つめながら生きてきた。そういえば、花田清輝《はなだきよてる》の『復興期の精神』

という有名な本があるが、移り変わる境目＝転形期を生きていくのはすごくおもしろいことだと思う。

だから、老後の趣味はなんですかと聞かれると、世の中を見ることだと、いまは答えるようにしている。世界がそして社会が、はたして自分が予想した通りに動いていったのか、いかなかったのか。いやあ、こういうふうな展開は予想もつかなかったな、アラブ・イスラム社会の未来はどうなるのかなど、僕は自分の趣味として電車の中などで考えているのだ。

明治以来の日本の絶対帝国主義が敗れるのを経験して、冷戦構造のあとで社会主義の崩壊を見て、この次、アメリカ帝国主義がどうなるのか、あるいは中国の覇権主義《はけんしゅぎ》がどうなるのか、それを見るためにも少しでも長く生きたいという気持がある。できれば早回しのフィルムで見届けたいとも思う。歴史や社会の変転を見ていると本当に興味がつきないものだ。

たしかに、仕事一筋に働きづめに働いて、ある朝、冷たくなっていた、という生涯もある意味では幸せかもしれない。

しかし、人間の存在というものは、そのようなものではあるまい。そのためにも、われわれはもうひとつの生きかたを発見する必要があるのではないかと思う。趣味をもつということは、その「もうひとつ」の生きかたを見つけるための大切な事柄に、ますますなってきたのではないだろうか。

思えば私も幼年期から少年期、そして青春時代と、そのときどきの趣味を楽しんできた。ラジオや歌謡曲などについてもそうだ。敗戦後、ラジオから流れる流行歌に、われわれ日本人はどれだけ慰められ、勇気づけられたことだろう。その後、縁があってラジオと歌にかかわる仕事をしていた時期があるので、とくにその感が強い。

それにしても最近の歌に、日本人のこころを伝えるものが急激に減ってきているのが気になる。言葉もメロディーも、そして感覚までもが、「日本」そして「日本人」を表現していないと思えてならないのだ。

## 西洋の譜面に記録できない音符がある

明治以来、美術にしても、文学にしても、音楽にしても、たとえば音楽学校に邦楽科を置かない、西洋音楽だけが音楽であるというような、「脱亜入欧《だつあにゆうおう》」という考えかたが、すべての分野にわたって支配的であった。それが当り前のこととして通用してきたし、いまでも通用している。

音楽ひとつをとってみても、それこそ千年以上にわたって日本人が愛しつづけてきたメロディー、日本の音階を正確に記号化する譜面はヨーロッパの音楽にはない。インドネシアの音楽でもそうだし、インドの音楽にいたっては、もしもそれを正確に記録しようと思うと、何百という音符が必要なはずである。

かつて欧米人は、黒人たちのうたう奇妙なメロディーに「ブルース」という言葉をあて、部分的に半音階さげることで、ブルースコードというものをつくりだしたが、最初にあったのは人がうたう「音」である。

つまり、音やリズムやメロディーが先にあり、それを記録するためにあとから楽譜ができたのだ。にもかかわらず、楽譜が文法のような形になり、音を拘束するという逆転現象が起きてくる。

言葉も、最初にあったのは音の発声である。そして発音や肉声を記録するために、いわば文字という道具を使った。その道具が独り歩きしはじめて、やがて言葉を支配することになってくる。

これまで古くさい封建的な後れたものと考えられていたいろんな表現の方法に、もう一度、私たちは謙虚に、しかも偏見のない目で、接していかなければならないのではないか。

たとえば、七五調とか五七調とか、古い歌謡曲の歌詞のようなリズムのある言葉づかいを「奴隷の韻律《いんりつ》」という言葉で戦後はおとしめてきた。韻律を使って詩を書いたり俳句や短歌を詠《よ》んだりすることは、後れたことであるかのようにいわれてきたわけである。

しかし、日本語の音のリズムはやはり七五調や五七調にあるのではないかと、私は考えるところがある。

日本人は古来、その時代の人びとの思い、喜びや哀しみを流行歌の形で伝えてきた。

一方に『古今和歌集』あるいは『新古今和歌集』があり、もう一方に『梁塵秘抄《りょうじんひしょう》』という、それこそ巷《ちまた》の歌謡集がある。当時の交通労働者や、遊女たち、いまでいう風俗産業に従事するような人たちに、もっぱらうたわれた卑俗な歌謡曲である。それに魅せられた後《ご》白河法皇《しらかわほうおう》は、それを収集して膨大なアンソロジーをつくりあげたが、その大半は失われ、わずか一部が残っているだけである。しかし、そのなかに、有名な「遊《あそ》びをせんとや生《うま》れけむ／戯《たはぶ》れせんとや生《むま》れけん／遊ぶ子供の声きけば／我が身さへこそ動《ゆる》がるれ」(梁塵秘抄巻第二　四句神歌　雑　三五九）などという作品があることを考えてみると、数年前に大ヒットした「孫」という、まさに演歌の世界を連想しないわけにいかない。

その流れのなかから私たちは、御詠歌《ごえいか》、浪曲《ろうきょく》、浄瑠璃《じょうるり》、小唄《こうた》、端唄《はうた》、そういうものを生みだしながら、日本音楽（邦楽）の伝統をつくりあげてきた。それを一挙に、二本差しの帯刀は排する、ちょんまげも切れ、というのと同じように、日本的な言葉づかいやメロディーは後れた悪いものであるとされた。つまり鹿鳴館的《ろくめいかんてき》な思想によって切り離されてしまったところに、私たちのひとつの悲喜劇があったと思う。

そのよき伝統をふまえて、いま、私たちが生きて感じていることを、美しい日本語で表現したいとひそかに思っている。

## 中世以前の絵画に魅力を感じる

私の場合、文学や音楽、そして演劇など、普通なら趣味といえるものが、「生業《なりわい》」になってしまった。

美術にしてもそうだ。

かつて私は、たまたまシスティナ礼拝堂の壁画の修復工事のまっ最中に、取材を兼ねて見学させてもらったことがあった。煤《すす》を払って原色にもどしてみたら、これまで黒人系の黒い肌の天使といわれていたが、じつは薔薇色《ばらいろ》の頬《ほお》をしたエンジェルだったなどという笑えない話もあった。そういうなかで、システィナ礼拝堂の真正面にある有名な「最後の審判」というミケランジェロの絵を見ながら思ったのは、そこに描かれているキリストに、どうしてもなじめない、ということだった。そこに描かれているキリストはマッチョというべきか、見事に筋肉隆々とした、まさにヘラクレスのような体形のキリストで、その堂々たるキリストの姿に、ぼくはなぜかなじめないものを感じたわけである。

その前に、アッシジの聖フランチェスコ教会の地下にある一室で、中世に描かれたキリスト像を見たことがある。いわゆる遠近法が完成されるルネッサンス以前の絵画は、たとえば人間の群像を描くにしても、みな同じ方向を向いて、真横から平面的に描かれていた。それらの中世のキリストの絵は、まさに平面的で、立体感もなく、痩《や》せてあばら骨が浮きだしているようなキリストである。そして人びとは猫背で、そのうしろに従っている。そのキリスト像を見たときになんとも言えない共感を感じたものだった。むしろ、いまにも倒れそうな細いキリスト像の立体的でない人間の描きかたに新しさを感じるというのが、いまの私の感覚なのだ。

ルネッサンス以来のヒューマニズムは、遠近法、あるいは印象派の点描法などと深く関わっていると思う。

人間を立体的に描くという描きかたには、中世までの、民衆をとるに足らないほとんど虫けらにも似た存在として見ていたのに対するプロテストの精神が脈うっている。それは一人ひとりの人間は偉大であるという考えかたの反映であり、それがミケランジェロの絵にも表れているのだと思う。

これは輝かしい新しい時代の宣言（マニフェスト）でもあった。しかし同時に、中世の人間がもっていた「とるに足らない自分たち人間」という、ある意味での謙虚な姿勢から、「人間こそは世界の中心である」という傲岸《ごうがん》な、いわゆる人間の傲慢《ごうまん》さに変化していく萌芽《ほうが》を孕《はら》んでいたとも言えるだろう。

たとえば韓国の民画、俗画といわれる民衆芸術に触れて、私はときどきびっくりすることがある。そこには逆遠近法で描かれている作品などもあって、とても新鮮に感じられるわけだ。

あるいは日本の絵画の平面性、つまり奥行きをもたず厚みのないものに、むしろ美的なものを感じることがあるのは私だけだろうか。

## 表現者として

私は、いわば一芸を究《きわ》める世界を断念し、雑芸というか、雑芸人というか、そういう方向を選ぼうとしてきた人間である。ひとことでいえば「表現者」として生きようと志してきた。表現者にとっての武器は、音楽であったり、美術であったり、小説であったり、映画の原作であったり、あるいはグラビアに登場することであったり、テレビでしゃべったりすることとである。自分の考えかたや感じかたを社会に表現し、人びとにアジテーションする仕事だ。インタビューを受けることも、対談することも、あるいは歌謡曲の作詞をすることも、音楽の解説を書くことも、テレビに出演することも、広告に顔を出すことも、すべてが表現である。その仕事を通じながら何か自分がアピールしたいものをメッセージとして社会に手渡そうと、こういう考えかたでずっとやってきた。

ふつう世の中では、一芸というか、ひとつの道を究めていく人間が尊敬される。それはどこでも同じだろう。しかし、二足のわらじ三足のわらじどころか何十足のわらじをはき続けながら、世間からは胡散《うさん》くさいと見られ、どこかにやや怪しげな雰囲気をたたえながら、表現者としての道を歩んでいく人間もいていいのではないか。

つまり、仕事の面で旅をする、という考えかたなのだ。いまいる自分の位置にこだわるのではなく、どこへでも出かけていく。きょうは西、明日は東と移動しながら、そこで生きていく。それが動民《どうみん》の生きかたであり思想であると思われてならない。

音楽というフィルターを通しながら文学を見る、文学というフィルターを通しながら美術を見る、美術というフィルターを通しながら演劇を見る、こういうことはかならずしも不可能ではあるまい。また、そうでなければおもしろくないという気がするのだ。

表現の世界でもつねに旅をしながら生きていく。私は、それを自分の宿命的な生きかたとして感じている。それと同時に、その道が自分にとって、あるいはいまの時代にとって、唯一の生きかたたかもしれないと感じるところがあるのだ。

変な言いかたではあるが、雑芸を通して、ひと筋の道をゆく、という生きかたもあっていいのではないか、と思うのだ。

## 趣味は何かと聞かれれば

さて、趣味は何かと聞かれれば、自分の心身の働きを正確に知ること。それを探索すること、それをコントロールすること。これが本当は、私のいちばんの趣味だと思っている。

かつて偏頭痛で悩んだ時期があった。そしてあるとき、自分の偏頭痛が湿度や気圧の変化あるいは潮《しお》の干満《かんまん》と密接に関わりあっていることを発見した。そのときは非常に嬉しかった。自分がそんなふうに天然自然の現象と深く関わり合って、自分の体の中で満ち潮・引き潮があるのだ、台風も起こっているのだ、という発見は非常な喜びでもあった。以来、できるだけ自分の体のことに関して、それを究めていくことを自分の趣味にしてきた。

一時期、腰痛に悩んだこともあったが、そのときは、うしろ歩きと、四足歩行を楽しみながら試みた。普通の場所で四足歩行はできないが、野原などでは試すことができる。人類が二足の直立歩行をはじめてから宿命的に背負っている腰痛を、どう克服していくか。手術したり薬で治したりするのではなく、自分自身でどうコントロールするかということが、私にとってつきせぬ興味であり、また、趣味として追求せざるを得ないようなテーマでもあった。

たぶん私は、自分の肉体の声を聞くということが好きなのだろう。

最近、私のつれあいが趣味ではじめた絵が、だんだん本格的になって、いままでは完全に画家とよんでいい域まで達してしまった。はじめはびっくりしていたが、いまは私も、画家の夫としての日常に慣れてきたところだ。古くて狭いわがマンションの部屋がアトリエに変り、私の居場所が小さくなるのが悩みの種だが、それくらいは、まあ、仕方がないかと思っている。

[語り下ろし]

# 旅人として

## 立っている空間の位置を変える意味

先に直感を大事にしようと書いてきたが、いままで情報やマニュアルで麻痺《まひ》させられてきた頭を、正常にするためには、たとえば、あちこち歩き回ることが必要だと思う。いつも同じ社会、同じグループのなかで生きているから情報も固定化するし、感覚もズレてくる。身元も知れない、顔を合わせても「ああ、○○さん」と言ってくれないようなところへすすんで身をおく。自分の立っている空間の位置を変えることは、思想や健康の面でも大きな意味をもつと思う。それが「旅」ということなのだ。

宮本常一《みやもとつねいち》とか菅江真澄《すがえますみ》とか、私は昔から動き回る人が好きだった。蓮如《れんにょ》も京都の本願寺《ほんがんじ》を追いだされてから一度も故郷へ帰らなかった。親鸞《しんらん》も五十何歳までは、追放されてあちこち放浪していた。

私にとっての「旅」へのモチーフは、年々変化していく。

六〇年代には、横浜からソ連の船でナホトカに渡り、シベリアを越えてヨーロッパへ行くというのが、当時のわれわれ若者の冒険心をかき立ててくれる貧乏旅行の一般的なコースだった。

その旅は若者の知的欲求を満たし、こころを鍛えるために、その時代がわれわれに与えた試練だったのではなかったかと、いま、思わずにはいられない。

私にとっても、このコースで旅をしたことが、『さらばモスクワ愚連隊』や『蒼ざめた馬を見よ』などの作品になった。その後の一連の海外を舞台にした小説やエッセイの創作のきっかけにもなった。

この六〇〜七〇年代にかけての日本は、政治的には波瀾含《はらんぶく》みだったが、経済的には順調に上昇気流に乗っていたので、当時の若者たちは政治的な挫折を知の冒険に切り替えて、外国に出ていくことが少くなかった。

私も作家として旅を続け、古くはパリの五月革命やワルシャワ条約軍に制圧されたプラハや、戒厳令下のチリ、そして最近では二年半前の九・一一直前のニューヨークなど、現代史の現場に立ち会えたのは、貴重な体験だったと思う。

また、スペインでは、イベリア半島という地理的に特殊な条件と複雑な民族が織りなす歴史ドラマに引きつけられた。かつて、スペイン市民によってつくられた民主的な共和国政府がフランコ将軍によって崩壊させられ、世界の知識人が新しい時代を予感させる市民派の共和国政府に肩入れしたことはよく知られている。

参戦したアメリカ人作家へミングウェイは、その戦争の記憶として『誰《た》がために鐘はなる』を残し、ピカソは歴史的な暴挙を後世に伝えるために『ゲルニカ』を発表した。また、民衆詩人ガルシア・ロルカのように一市民として犠牲になった人びともいた。

異国を旅するということは、当然その国の歴史に触れ、その風土と文化に親しむことになる。それと同時に、その土地に住む人びとと自分との関わりを考えさせてくれる。

イスタンブールのアジアとヨーロッパを分けるボスポラス海峡の、ヨーロッパ側のホテルのテラスから対岸のアジア側を眺めていたとき、この東にイラクがあり、イラン、アフガニスタン、パキスタン、インドそして天山《テンシャン》山脈を越えて中国に到《いた》るシルクロード、そしてそのさらに東の果てにある日本という国のことを思って、深い感慨をおぼえずにはいられなかった。

朝鮮半島から引揚げてからも、自分の故郷が、幼年期から少年期のはじめまでを過ごしたその半島のような気がしていた。私は紛《まぎ》れもない日本人であるが、日本のことをあまりに知らないことに気づかされたのは、五十歳を過ぎたころだと思う。

## 日本の原風景を求めて「千所千泊」

引揚げてきたあと、九州は福岡の父と母の郷里で生活をスタートした。

私にとってそれは日本の自然との触れ合いであり、日本人がいかに自然とうまく調和して生きていける民族であるかを学んだ貴重な時期である。その後の日本の民俗文化への関心は、多分このときに身についたのではあるまいか。

日本人にとって「旅」は文学のテーマとしても、古来いろいろと語られてきた。西行《さいぎょう》や芭蕉《ばしょう》、そして先に挙げた宮本常一《みやもとつねいち》や菅江真澄《すがえますみ》など、彼らはそれぞれのテーマをもって日本各地に足を運んでいる。

私も日本人である自分のこころの故郷を探すための旅をはじめたのかもしれない。「流されゆく日々」(「日刊ゲンダイ」連載中)に千所千泊などという、大ぶろしきを拡げたので、いまさら止《や》めるわけにはいかなくなってしまったのだ。

人間には狩猟民族型と農耕民族型があると思われる。日本人はだいたい農耕民族型だが、私はどうも、狩猟民族に属しているような気がする。

農業国である日本人にとって、狩猟型があまり好かれていないことはよくわかる。風来坊《ふうらいぼう》とか浮き草稼業などといわれ、地に足がついていない生きかたというわけだ。

そんななかで、私は「デラシネ」(根無し草)でけっこうだと開き直っていこうと思ってきた。国家というものが民草《たみくさ》に対していかに酷《むご》い仕打ちをするシステムであるかということを若いときに思い知らされた者は、国家のいうことを額面通りに受け取るほどお気楽にはなれない。

「旅」は、本来個人が自分一人の目的のためにするものだ。私が、日本各地に足を運ぶのも、その風土とそこに住む人たちの生活習慣に触れ、その〝こころ〟を実感したいからである。そのぬくもりを記憶したいからだ。

自分がまだ知らない土地へ行きたい。日本の隅々まで行ってみたいと思う。そして、私のなかの〝時の歴史〟に記憶させたいといまでも思い続けている。

私は七十一歳になったが、特に深い感慨はない。ただ、自分に残された時間のことを思うと、あまりのんびりしてもいられないように思う。

いま私は、「百寺巡礼」と題して日本の古寺を巡る旅をはじめた。この歳になって、お寺回りをしてみたい、お遍路《へんろ》もおもしろそうだなという気持が湧《わ》いてきた。べつにそれは信仰心から行くのではなく、寺のある場所の霊気みたいなものを体験する物見遊山《ものみゆさん》の観光でも一向にかまわないと思うのだ。

数年前に近くの法隆寺駅などが水浸しになったけれど、法隆寺にはまったく水が入らなかった。昔の人が地形などを研究したのかもしれないが、それだけではなく聖地として何かがあったのではないかと感じている。

縁なき衆生《しゅじょう》がそこへ行って何か感じるものがあったら、それで十分だというのが私の考えかただ。

## 時間の旅、歳月の旅

旅というのは空間の旅だけでなく、時間の旅、歳月の旅であることは言うまでもない。人間は、おぎゃあと生まれてから死ぬまでのあいだ、有限の時間を動くわけであるが、その有限の時間を無限の時間にどうつなげるか、ということが人間の課題といえるのではあるまいか。

年をとってくると一年が過ぎるのが早いという説があるけれども、一年過ぎるのを早く感じる人もいるだろうし、今年一年は長かったと感じる人がいてもおかしくない。大事なことは、その一年間なら一年間、一か月なら一か月を、どれほど長く、しかも充実した時間と感じることができるか、ということだろう。

私は朝起きたときに、きょう一日どう生きるかということをいつも考えている。そしてきょう一日が終わったあとは、自分の生命がそれで終ってもいいと覚悟して起きあがる。そして寝るときは、きょう一日、自分はほんとにいい生きかたができたと感謝する。そして眠りに就《つ》くときは一度死んでしまうのだと考える。死へはいりこんでいって、翌朝、新しい一日として再生するのだ。

そういう感じをもつようにずっと努めてきた。

## 「し続ける」ということに意味がある

それと同時に、大事なのは持続するということだ。私は九州沖縄文学賞としてスタートした九州芸術祭文学賞の選考委員を務めているが、もうすでに三十五年あまり経《た》つ。そこからはこれまでに芥川賞の作家が二人も出ているし、その他、優れた作家を何人か世に送ることができた。また、泉鏡花文学賞は今年第三十一回目の授賞式を先日行ったところだ。「日刊ゲンダイ」という夕刊紙にも、創刊以来ずっとコラムを連載してきた。創刊時のメンバーは富島健夫さん、松本清張さん、柴田錬三郎さん、すべて故人になられたが、私はなんとかしがみついて「流されゆく日々」という連載を続けている。ＴＢＳラジオで深夜放送の番組をやっているのも、これもおそらく今年中に二十五年目にはいるのではあるまいか。

いったい、何をやっているのだと人からは思われるかもしれない。けれども、ひとつのことを長く続けていくのは、時間を超えて生きていくことにつながっていく、という考えかたが私の基本にある。できるだけ長く持続するということもまた、ひとつの旅のありかたではないか。立ちどまったときに、持続する旅の時間が切れるという感覚がある。旅を終えるのではなく、旅をし続ける。「し続ける」ということに意味があるのだ。

私は戦後、引揚げという大きな旅をして以来、一生を旅人として生きていこうと決めてきた。旅人として生きていくということは、一定の場所に定住することでなく、非定住の立場を選ぶこと、動民《どうみん》としての立場を選ぶことである。と同時に、一定の時間のなかで完結せずに、時を横断していくことでもある。これも大きな旅のひとつだろう。

かつて「持続する志」という言葉があった。志ほど立派なものはなかったにせよ、持続させるというのはとても大きなことではないのか。「続けること」それ自体に「時を超えていく」という意味があるような気がしてならない。

どこまで続くかわからないが、「時空を超えて」という考えかたを、旅する人間の思想的根拠というか、モットーとして、これから先も生きていきたいと思うのだ。

「百寺巡礼」が終ったらどうするか。「千所千泊」を終えたらどこへ行くのか。私はきっとまた新しい旅へ出るにちがいない。それが何を求める旅なのか、私にもはっきりとはわからないのだが——。

# あとがき

ここに集められた文章は、私が「日刊ゲンダイ」という不思議な夕刊に四半世紀以上にわたり連載を続けている「流されゆく日々」から、エディターと相談して抜粋した雑文と、新たに語り下ろした言葉の集成である。これらの文章を、私はほとんど旅の途上で書いている。夜行列車の中で、飛行機のシートで、駅の待合室で、ビジネスホテルの机の上で、またコーヒーショップも私の絶好の書斎のひとつだった。旅先からそれをＦＡＸで送る。原稿のストックは一回もない。二十九年間、つねに深夜までに送稿すれば翌日は駅のキヨスクにその文章が出る、といったサーカスのような仕事を続けてきた。

もし、交通事故に遭《あ》ったり、病気で倒れたりすれば、コラムは白紙で出すしかないだろう。そんな綱渡りのような日々を、きょうまでずっとやってこられたのは、決して私が康《こう》健《けん》だからでも、勤勉だからでもない。むしろ、そういうスタイルに自分を追いこんで生きてきたからこそ、こうして続いてきているのではないかと思う。ストックのない人生、きょう一日という生きかた、それが私の夢であり、願望でもあった。

読み返してみると、かなり乱暴な文章である。だが、あえて後で手を入れることをしたくない気持があった。それは、その年、その日の時代の息づかいが、行間に感じられることを大事にしたいと考えたからだ。

後半にエディターを前にしての、「語り下ろし」の文章をそえたのはライブ感覚のなかに生きた感情のゆらぎが感じられることを意図したからだ。構成者の感覚とのコラボレーションがおもしろかった。

この本を世に送るにあたっては、永年の友人であり、エディターである木下邦彦氏と、小学館『本の窓』の編集長の衣袋丘氏のお二人の粘りづよいサポートが不可欠であった。また、二十九年の長きにわたって担当記者をつとめてくれた「日刊ゲンダイ」の愛場謙嗣氏にも感謝する。「君アリテ　コノ本成ル」と、先輩作家の言葉をお二人に贈りたい。さらに、A・Dを担当してくださった高林昭太氏、挿画の五木玲子氏のお二人にもお礼を申し上げねばならない。

『百の旅　千の旅』という一冊の旅が、これからはじまる。その先に何が待っているかは、私にもわからない。

横浜にて　　　　五木寛之

# 初出一覧

| | | |
|---|---|---|
| わが「移動図書館」の記 | 日刊ゲンダイ | 1996.1.17〜 |
| 日常感覚と歴史感覚 | 日刊ゲンダイ | 1997.2.11〜 |
| カルナーの明け暮れ | 日刊ゲンダイ | 1997.7.1〜 |
| あと十年という感覚 | 日刊ゲンダイ | 1997.7.23〜 |
| 日本人とフット・ギア | 日刊ゲンダイ | 1997.8.12〜 |
| 蓮如から見た親鸞 | 日刊ゲンダイ | 1998.1.20〜 |
| 老いはつねに無残である | 日刊ゲンダイ | 1998.11.10〜 |
| 長谷川等伯の原風景 | 日刊ゲンダイ | 2000.3.22〜 |
| 英語とＰＣの時代に | 日刊ゲンダイ | 2000.5.9〜 |
| 身近な生死を考える | 日刊ゲンダイ | 2000.6.6〜 |
| ちらっとニューヨーク | 日刊ゲンダイ | 2001.5.2〜 |
| 演歌は二十一世紀こそおもしろい | 日刊ゲンダイ | 2002.1.16〜 |
| 寺と日本人のこころ | 日刊ゲンダイ | 2002.4.16〜 |
| 「千所千泊」と「百寺巡礼」 | 日刊ゲンダイ | 2003.7.5〜 |
| 限りある命のなかで | 語り下ろし | |
| 「寛容」ということ | 語り下ろし | |
| 趣味を通じて自分に出会う | 語り下ろし | |
| 旅人として | 語り下ろし | |

**著者略歴**

1932（昭和7）年9月、福岡県生まれ。生後間もなくして朝鮮半島に渡り、'47年に引揚げる。早稲田大学文学部露文科に学ぶ。その後、PR誌編集、作詞家、ルポライターを経て、'66年に『さらばモスクワ愚連隊』で第6回小説現代新人賞、'67年に『蒼ざめた馬を見よ』で第56回直木賞受賞。'76年『青春の門』で吉川英治文学賞を受賞。現在まで小説、評論、エッセイと幅広く著作活動を続け、その分野は文学、音楽、美術、演劇まで多岐に渡る。いずれの著作も時代を鋭くとらえ、「個」の立場から体験をふまえた自由で独特な発想は多くの読者を惹きつけてきた。また、近年は宗教と民俗を中心にしたテーマが目立つ。代表作は、小説に『戒厳令の夜』・『風の王国』、評論やエッセイでは『風に吹かれて』・『生きるヒント』シリーズ・『大河の一滴』・『他力』・『日本人のこころ』シリーズ・『百寺巡礼』シリーズ、また蓮如に関する小説、エッセイ、劇作など著書多数。

百の旅　千の旅

二〇〇四年一月一日　初版第1刷発行

著　者　五木寛之

発行者　熊谷玄典

発行所　株式会社　小学館

〒101-8001　東京都千代田区一ツ橋2—3—1

電話　編集03-3230-5132

制作03-3230-5333

販売03-5281-3555

振替00180-1-200

印刷所　図書印刷株式会社

製本所　株式会社　若林製本工場



ISBN4-09-387479-4